Di Massimo Bisotti negli Oscar

Foto/grammi dell'anima
Il quadro mai dipinto

MASSIMO BISOTTI

IL QUADRO MAI DIPINTO

I edizione Omnibus aprile 2014
I edizione Numeri Primi° aprile 2015
I edizione Oscar Absolute maggio 2016

ISBN 978-88-04-66650-9

Questo volume è stato stampato
presso ELCOGRAF S.p.A.
Stabilimento - Cles (TN)
Stampato in Italia. Printed in Italy

Anno 2016 - Ristampa 7

⚖ | librimondadori.it | anobii.com

IL QUADRO MAI DIPINTO

Ci sono tramonti che non tramontano mai.

*Dedicato a chi va controcorrente ma mai controcuore_*

Dovrà capitare prima o poi che due anime selvatiche, che non vogliono sentirsi strette da nessuno né chiuse agli angoli del mondo e che si amano abbastanza da non scappare né inseguire, si fermino a comprendere che completarsi è questo. È chiudersi all'aperto sapendo che a nessuno dall'esterno sarà permesso entrare dentro. Si può rischiare di restare insieme tutta la vita così, senza che sia una minaccia ma solo un sublime stato di grazia e di strafottente e imbarazzante felicità.

Innamoratevi, non di chi vorrete raggiungere a ogni costo, ma di chi una volta raggiunto non vi farà più desiderare uscite di sicurezza. Amate la persona che vi farà venire voglia di svegliarvi sempre prima del previsto, per guardarla qualche attimo in più prima di uscire, e dormire sempre un attimo più tardi, per farvi chiudere gli occhi stanchi di sonno ma mai stanchi di lei. Perché c'è sempre una prima volta, una primavera, una prima vera notte d'insonnia d'amore che ci rimane sotto pelle. Un primo giorno in cui impariamo a riconoscere la direzione del vento. Un primo momento che ci porta in un luogo in cui non sappiamo di andare e poi ci siamo, improvvisamente, senza averlo previsto. La prima volta che abbiamo davvero paura e la prima volta che ridiamo al buio. La prima volta che assaggiamo una vita infilando il dito nei suoi imperfetti particolari. La prima volta che scopriamo il mare dove non c'è perché ce l'abbiamo negli occhi, negli occhi dello stupore.

1
EREDITÀ

"Gli amori più belli, ogni tanto, vengono fuori dalla piega segreta di ciò che in apparenza può sembrarci uno sbaglio."

Patrick indicò la frase che lui stesso aveva finito di scrivere sulla lavagna in quella strana mattina che profumava di cambiamento.

«Questo è il tema del vostro disegno di oggi. Ciò che vi lascio, prima di andare via, più che un compito è una piccola eredità. Provate a disegnare l'amore, disegnatelo come volete. Ogni tanto per capire come andranno le cose con una persona basta immaginarsi all'interno di un quadro, affidando il pennello alla nostra sincerità, l'estrema sincerità che spesso non vogliamo interpellare. Mi sono sempre chiesto, ogni volta che iniziavo a dipingere un quadro, quale potesse essere la sua scena successiva, il dettaglio migliorabile. Ho sempre avuto l'ossessione della perfezione. Eppure oggi so che arriva un momento in cui abbiamo bisogno solamente di respirare la pace, nell'arte e nella vita. È il momento perfetto, il momento in cui capiamo che non possiamo fare meglio di così. È questo momento che vi auguro di riconoscere ogni volta. Il momento in cui nulla appare sfocato, dove c'è anima nei colori. Il momento in cui fermare la mano, finalmente.»

Patrick fu interrotto da una voce.

«Professore, ma con quale tecnica?»

«Non importa la tecnica. È l'ultimo lavoro che vi assegno e lo faccio anche se non avrò il tempo di vederlo, sono le nostre ultime ore insieme. Come sapete ho chiesto il trasferimento, quindi il prossimo anno non ci sarò. Ma voi ogni giorno dovrete allenarvi a dipingere la scena successiva a quella rappresentata nel quadro che avete appena finito di realizzare. Ogni volta come fosse l'ultima, senza lasciare nulla al caso, accettando che alcune situazioni assolutamente casuali abbiano un significato profondo che siamo noi a dare. Diamo un senso a quel che ci colpisce perché ci graffia l'anima con un guizzo improvviso, molte altre cose accadono nel medesimo modo ma non le cogliamo perché non ne abbiamo voglia né interesse.»

«È vero, professore, siamo noi a dare valore agli eventi scegliendo di valorizzarli o voltando loro le spalle. Anche quando ci innamoriamo di qualcuno attribuiamo un destino a quell'incontro e non facciamo altro che ripetere a noi stessi: doveva succedere.»

«Ragazzi, alcuni rapporti sono destinati a essere, altri destinati a finire. Spesso ci piace dipingerci nell'idea di un disegno sempre più grande, quello che abbiamo accanto non ci basta mai e passiamo oltre.»

La voce di un suo allievo lo interruppe: «Io non credo sia così, è che ad alcuni legami diamo la possibilità di essere, ad altri inesorabilmente tagliamo la testa».

Ma dalla prima fila una studentessa esclamò: «Io invece ci credo al destino, professore, se una persona se ne va si vede che non era per noi».

«Io no, professore, credo che decidiamo di cambiare strada perché abbiamo bisogno di scoprire spazi nuovi e per riempirli, per avere tanto da offrire, bisogna lasciar andare qualcosa, inevitabilmente» disse invece un ragazzo in ultima fila.

«Sono d'accordo» riprese Patrick. «Posso dirvi con certezza che, fin quando in un rapporto saremo accecati dal bagliore dell'istinto e della passione che lo hanno acceso, la nostra mente trasformerà un incontro casuale in qualcosa che era destinato ad accadere e, fino a quando non prevarrà la ragione, difenderemo la nostra storia a ogni costo.

In fondo tutto è più o meno casuale, anche nei nostri incontri più belli e importanti, quelli che ci sembrano un dono divino, c'è questa casualità. Siamo noi che diamo loro la valenza della coincidenza perfetta. Alla fine non importa cosa ci sia dietro, alcuni incontri diventano strabilianti per il nostro coraggio. A quel punto quello è destino. Il destino arriva dopo, non prima, arriva dalle mani che scavano nel fango, non da quelle celesti del cielo. E poi chissà, forse il destino ha i passi casuali di due fatalità che si stavano cercando. Per ogni cosa di cui scopriamo il senso, di cui troviamo un equilibrio, dobbiamo gratitudine proprio allo squilibrio. Ci sono sentimenti sensati o insensati, e quelli insensati forse hanno un senso più profondo. Parliamo di sentimenti che non sciolgono o stringono nodi ma intrecciano fili per congiungerne sempre nuovi all'anima.

È di sicuro necessario accettare che qualcosa esca dalla nostra vita per lasciare che qualcosa di nuovo entri. Spesso però quel che entra non lo si lascia entrare mai del tutto. Temiamo i legami a volte perché, per una manciata di istanti, l'amore ci dona la sensazione d'immortalità, anche se sappiamo di non esserlo, immortali. Scegliere di vivere in attesa o nel rimpianto è un alibi per non affrontare la paura più grande che abbiamo: perdere, dunque soffrire. Invece è vero, un rapporto può finire ma quel dolore significa che siamo stati felici e quindi che potremo esserlo di nuovo. La ricerca smisurata di emozioni indefinite è un po' come vivere al limite senza oltrepassarlo mai. Senza rischio non c'è felicità, e la sola assenza di dolore non è condizione sufficiente a farci stare davvero bene.

Voglio dirvi un'ultima cosa, spero possa essere preziosa e non perché sono io a dirla ma perché la sentite già dentro di voi. Non mollate la vita che avete scelto soltanto perché la giudica chi sta subendo la sua senza esporsi mai. Non abbandonate le vostre scelte per la meschinità di chi si siede lontano dal mare e ride del vostro coraggio di nuotare, di cercare una terra serena in mezzo a rifiuti e buste di plastica. Buttatevi a capofitto nei vostri progetti, senza perderli mai di vista. Lasciate che siano sempre spinti dal vento leggero dell'ammirazione, mai dalle tempeste distruttive dell'invidia. Ci sono persone che vi criticheranno senza sosta semplicemente perché non avranno avuto il vostro coraggio. Non screditate i successi degli altri, concentratevi sui vostri. L'emblema di un fallimento personale è proprio questo: preoccuparsi di demolire gli altri piuttosto che occuparsi di costruire se stessi.

Cercate di trovare il vostro posto. Il posto dove essere felici è strettamente personale e non cedibile. Chi non trova il suo posto non sta bene da nessuna parte.

Lasciatevi torturare dalle emozioni, lasciate pure che nascano parole o dipinti dalle vostre cicatrici, ma sperate che non vi abbandonino mai. Lasciatevi sedurre, sbranare, divorare. Meglio un animale affamato nel cuore che un immenso spazio vuoto di neve sciolta.

Primo proposito, rinnovabile 365 giorni all'anno: commettere errori di felicità!

Con questo augurio vi saluto. Buona fortuna, ragazzi.»

Patrick, pervaso da un vento di cambiamento e di malinconia, si avviò verso il corridoio, diede un'occhiata furtiva agli spazi a lui più cari e si soffermò per qualche istante a guardare l'edificio da fuori.

2
IL QUADRO MAI DIPINTO

Patrick, tornando a casa, si sentì un po' spaesato al pensiero di lasciare la sua città, le sue cose, ma ormai era tutto deciso. Aveva pensato a lungo a quel trasferimento. Insegnava Pittura da un po' di anni e dipingere era la massima espressione del suo animo. Amava il suo lavoro, i suoi ragazzi. Amava persino la strada che ogni giorno percorreva a piedi per raggiungere l'Accademia di Belle Arti, nel centro storico romano. Ma alla fine era giunto alla conclusione che cambiare era l'unica soluzione.

Quella notte non riuscì a dormire. Tenne stretto con la mano il lenzuolo, come quando da piccolo aveva paura dei draghi, dei fantasmi, di tutte le presenze oscure che avrebbero potuto tormentarlo nella notte. Con le prime luci dell'alba telefonò a Luca, il suo amico d'infanzia, svegliandolo per definire gli ultimi particolari del trasloco. Era tutto pronto, e ormai gli mancavano davvero solo pochi dettagli da sistemare.

Scese a fare colazione nel solito bar mentre il sole metteva fuori la testa con decisione, al di là di qualche sporadica nuvoletta solitaria in giro per il cielo. Poi tornò a casa per chiudere le sue valigie e andare nella vecchia soffitta per prendere il quadro in cui era ritratta la donna che più aveva amato. Era un quadro a cui teneva molto ma, per non soffrire, lo aveva nascosto dai pensieri in rotoli di plastica da imballaggio. Non poteva lasciarlo. Salì le scale in fretta, in mano una piccola chiave arrugginita, custodita in un piccolo cassetto dove aveva riposto una parte di sé.

Aprì la porta e, fra una rete, un materasso e uno scatolone pieno di vecchie musicassette, scorse la plastica piena di polvere.

Toccò il cellophane e fissò il quadro. Vide la tela vuota, l'immagine di lei non c'era più, era sparita. Solo una poltrona, solo i fiori e sullo sfondo la finestra. Sul dorso era incollato, appoggiato alla plastica, un foglio di carta denso d'umidità.

Non si era mai accorto di quel biglietto d'amore nascosto dietro il suo quadro.

Patrick, pervaso dallo sgomento, diventò improvvisamente pallido. La tela gli scivolò dalle mani. Prese con sé solo il foglio, richiuse la porta di fretta, sentì freddo come lo avesse raggiunto l'inverno e si precipitò subito in casa:

Se anche non avrai più notizie di me per molto tempo, non preoccuparti. Il tempo scorre nel concatenarsi di eventi differenti che muovono il corpo. Ci riconducono nel punto da cui siamo partiti e forse ci insegnano che tutto è utile ma quasi nulla poi davvero necessario.

Le notizie essenziali invece giungono dall'anima, e non sono solo indispensabili ma eterne, perché lì stanno, lì si nutrono e una volta che le sai non te ne scordi più, loro non cambiano mai e non ti dimenticano.

Saprai sempre chi sono e non è una promessa, è una

cruda, dilaniante verità, come il volo di un bacio che mi è rimasto all'interno. Ti basta liberarlo per toccarmi.

Tu dentro la mia anima sei libero, puoi essere te stesso fino in fondo.

Una rivelazione avviene d'improvviso, così, mentre si pensa ad altro, quasi sottovoce, nel momento in cui non te l'aspetti. Le storie più irragionevoli hanno sempre più ragione di esistere, sono quelle che arrivano quando va tutto bene, non quando ti manca tutto. Di ciò che è estremamente necessario ti accorgi proprio quando hai già tutto il superfluo.

Patrick sentì che in quel biglietto c'erano le notizie di sé che stava aspettando da tanto tempo. E pensò:

Lasciarsi e poi dimenticarsi, lasciarsi e ricordarsi sempre. La sostanziale differenza fra il superfluo e l'essenziale è che il superfluo passa e si cancella, mentre l'essenziale rimane e si ripresenta davanti anche le volte che proviamo a lasciarlo indietro. Perché che il meglio debba sempre arrivare ce lo raccontiamo per evitare la brutta sorpresa di comprendere che il meglio, a volte, semplicemente, ce lo siamo lasciato scappare, senza mai capire davvero perché.

Ancora turbato, chiamò un taxi e continuò a rimuginare sull'accaduto.

Non l'aveva mai dipinta? Poteva essersi immaginato una cosa che ricordava così chiaramente?

Il taxi arrivò in pochi minuti.

«Buongiorno!»

«Buongiorno, devo andare in aeroporto: Fiumicino. Grazie.»

«Perfetto, oggi non c'è traffico, non dovremmo metterci troppo tempo.»

«Bene.»

Patrick era visibilmente agitato, e il tassista se ne accorse.

«Mi perdoni se mi permetto, mi sembra particolarmente preoccupato, o sbaglio? Sa, ormai sono allenato nel riconoscere gli stati d'animo dei miei passeggeri!»

«Mi trasferisco. Lascio Roma, per sempre.»

«Be', ora capisco. Dev'essere dura cambiare abitudini di colpo. Anche a me Roma sta stretta a volte, ma non credo che ce la farei. E per quale motivo lo fa? Se vuole dirmelo... Per lavoro? Per amore?»

«Forse per entrambi i motivi.»

«Proprio ieri ho portato una giornalista, e si parlava di queste cose. Mi ha detto che cerchiamo l'amore lontano, lo cerchiamo dove non c'è. Troppo spesso è a due passi da noi, però lì non ci guardiamo mai. Dobbiamo masticare in comprensioni e delusioni, prima di capire cosa vogliamo.»

«È vero, ci convinciamo di poter avere tutto. Vogliamo tutto e non sappiamo mai davvero cosa scegliere. Abbiamo bisogno d'aria e partiamo, per dove poi non si sa, basta allontanarci sempre più da noi stessi. Basta andare, andare lontano, non pensare, senza più poesie e parole per nessuno, per nessuno che abbia voglia di ascoltare davvero chi siamo. È solo quando sai quello che vuoi che non prendi tutto quello che passa. Ci ho messo un bel po' per capirlo.»

«Questa me la scrivo, me la rivendo alla prossima corsa.»

Mentre alla radio passava *Please, Please, Please, Let Me Get What I Want* degli Smiths, Patrick sorrise e pensò fra sé e sé:

È stupefacente come la gioia di amare ci tolga il fiato e come io mi sia sentito aria perché tu potessi respirare e non solo respirarmi. Io ero fuoco in previsione dell'inverno, ero acqua perché non ti prosciugassi d'estate.

«Siamo arrivati!»

«Ah, sì. Tenga. Grazie per la chiacchierata, buona giornata.»

«A lei, buon viaggio.»

Si mise nella tasca della giacca il biglietto dell'aereo e scendendo dal taxi si girò a guardare i dettagli di un palazzo a vetri in cui si vedeva riflesso il cielo. Rimase incantato per un istante, immaginò di dipingerlo su tela in quell'istante. Guardò l'orologio e si accorse di essere in netto ritardo, per cui senza pensare ad altro raggiunse il desk e si mise in fila per il check in. Un po' più avanti incrociò il viso di una donna per un attimo, un viso rigato dal pianto. Cominciò a ridere, quasi senza riguardo per quelle lacrime. Era questo il suo modo di gestire il dolore. Aveva sempre pensato che le lacrime facessero marcire l'anima, quasi fossero una specie di condensa inutile con il solo fine di far scaturire una colpa. Così, in momenti di estrema difficoltà, rideva sempre, in modo compulsivo, tanto da mettere a disagio chiunque. In fondo anche dentro il riso e il pianto è nascosto un piccolissimo modo di provare a gestire le certezze.

«Si vergogni» esclamò una vecchia signora in fila alla sua destra, «lei è proprio un uomo senza cuore!»

Un uomo senza cuore, già... un ritornello già sentito milioni di volte al quale alla fine si era abituato perché in fondo ci si abitua a tutto, persino alle verità scomode. Ma quand'è che s'impara poi davvero a gestire il dolore?

Perché è vero o no che dopotutto siamo soli? Dovremmo far caso sempre al dolore di tutti, ma chi è che fa caso al nostro? Mai nessuno. È una pretesa continua la vita, la vita pretende, pretende attenzioni e ci offende di continuo lasciandoci soli.

«Signore, quanti bagagli ha, mi scusi?»
    «Prego, queste due valigie. Potrei tenere la piccola?»
    «Sì, sì, quella la porti pure come bagaglio a mano, si sbrighi a fare l'imbarco altrimenti perderà il volo.»

E tutta questa gente che sta insieme senza amore non ha il coraggio di cambiare. E tutta questa gente che si ama e non sta insieme non ha il coraggio di rischiare. Ma tutta questa gente così ferma dove pensa di andare? Sempre in viaggio e sempre così lontana dall'amore. Tutta questa gente non lo sa e non lo sa neppure lei, signorina, che il dolore lo esorcizzo per non sentirlo chiacchierare troppo forte. Se ci rido sopra lo sento meno. E mi sento meno solo. Tutta questa gente siamo noi.

3
TRAIETTORIE

Posto 21, fila finestrino.

Ventuno, come il giorno in cui morì mio padre, che strana coincidenza.

Patrick guardò un secondo fuori e provò una sensazione indecifrabile.

Il cielo improvvisamente si era fatto tutto nero, quel sole con cui si era svegliato era rapidamente scomparso. Sentì tuonare in lontananza. Nel momento del tuono più forte l'aereo decollò. C'erano degli strani scricchiolii sotto il pavimento. D'altronde chi ha paura sente rumori sospetti ovunque, non solo in aereo. Uno strano fruscio gli ovattava il cervello. Pensò che fosse meglio dormire per far fronte alle turbolenze che evidentemente lo attendevano. Provò a chiudere gli occhi, ma li riaprì quasi sbarrandoli. Di dormire non c'era proprio verso. Allora prese una rivista dalla tasca del sedile. Iniziò a sfogliarla, a guardare le destinazioni dei viaggi con insofferenza. La ripose e infilò gli auricolari per ascoltare l'audio della tv sul piccolo schermo di fronte a sé. Cambiò tutti i canali con frenesia, giocherellando con i pulsanti, senza trovarne nessuno interessante. In realtà non aveva davvero la giusta concentrazione per fare niente. Infine sentì il bisogno di andare in bagno, guardò dinanzi a sé e, non appena vide spegnersi il segnale luminoso, si alzò per raggiungerlo. Di colpo, mentre si guardava nello specchio, avvertì una strana vibrazione molto forte. Si sciacquò la faccia con l'acqua fredda e iniziò a sentire delle urla dal corridoio.

«Che succede? Cosa sta succedendo, diteci qualcosa!» tuonò più forte dei rumori là fuori un signore allarmato accanto all'ala.

«Ma è un guasto all'ala? C'è un guasto all'ala?»

L'aereo perse quota rapidamente e Patrick si sentì preda di una fatalità incredibile. Voltandosi di scatto per uscire dal bagno perse l'equilibrio, picchiò la testa sulla porta, scivolò in terra e svenne.

«Tutto bene? Signore, tutto bene?»

«C'è una persona per terra, rimanete seduti.»

Patrick aprì gli occhi e vide una hostess accanto a sé.

«Signore, ce la fa? Riesce ad alzarsi? Venga, si sieda qui.»

«Che è successo?»

«Le prendo un po' d'acqua.»

«Sì, ma che è successo, dove siamo?»

«C'è stato qualche problema ma è tutto risolto, stia tranquillo. Ha picchiato la testa ed è svenuto. Venga, si accomodi, la turbolenza è passata e tra pochi minuti inizieremo la fase di atterraggio.»

Patrick, stordito e con la vista ancora annebbiata, si abbandonò sul sedile.

Appena atterrati la hostess tornò da lui.

«La faccio accompagnare fuori dall'aeroporto, venga.»

«Ho una strana confusione in testa.»

«È normale dopo aver perso i sensi ma stia tranquillo, andiamo.»

Patrick venne visitato nel pronto soccorso dell'aeroporto.

«Signor Del Fiore, i parametri sono nella norma, lei cosa avverte?»

«Ho un forte mal di testa.»

«È normale considerata la caduta e lo sbalzo di pressione. L'hostess mi ha spiegato che ha perso i sensi uscendo dal bagno. Ma si ricorda di aver battuto la testa?»

«Non lo so, ho sempre avvertito un po' d'agitazione durante i voli.»

«Va bene, stia qui tranquillo. Ora la portiamo in ospedale per un controllo più approfondito, ma non dovrebbe essere nulla di grave.»

«No, no, non c'è bisogno. Grazie, preferisco andare.»

«È sicuro di farcela? Vada dal suo medico se preferisce, ma si faccia vedere e per qualche ora cerchi di non dormire. Prima di andare mi deve firmare questa liberatoria. Nel caso avverta nausea o mal di testa forte non esiti a recarsi al pronto soccorso.»

Patrick uscì dall'aeroporto, guardò l'orologio e capì di aver perso completamente la percezione del tempo. Sentì d'improvviso nell'aria un intenso odore di mare, un profumo di mirto, di legno di cedro, qualcosa di familiare e, voltandosi di colpo, vide una donna allontanarsi con un giornale in mano.

«È Lei!» esclamò a voce alta, con la tensione a duemila.

Era la donna del dipinto, la donna fuggita dal suo quadro, e doveva assolutamente raggiungerla.

Si mosse in mezzo alla folla, nella foga urtò un cestino della spazzatura e gli caddero gli occhiali. Li raccolse dal pavimento sfocato, se li mise nuovamente ma era troppo tardi, non riuscì più a scorgere alcuna traccia, la donna pareva essersi dileguata.

«Ha bisogno di qualcosa? Si sente bene?»

«Ho visto una donna con un vestito rosso, era laggiù e non la vedo più, può aiutarmi a trovarla?»

«Mi spiace, temo sia impossibile ritrovare una persona con questa confusione.»

«Grazie, la ringrazio lo stesso.»

Patrick d'improvviso si sentì come su una giostra, le persone gli sembravano tutte uguali. Le vedeva camminare velocemente, sfocate figure in movimento, quasi come fossero oggetti, come se avessero perso la loro effettiva personalità. Molte volte si era sentito straniero in ogni posto ma stavolta lo era davvero, ancora di più.

Era alle prese con una specie di derealizzazione visiva.

«Oddio che mal di testa, che caldo!»

Si rese conto di non ricordare più il motivo del suo arrivo a Venezia. Spaesato e confuso, guardò la sua immagine riflessa nella porta a vetri dell'aeroporto, frugò nelle tasche quasi a cercare una soluzione e tirò fuori un biglietto con un indirizzo. Lo fissò per qualche minuto.

Mi sa che è qui che devo andare. Residenza Punto Feliz.

«Mi scusi! Avrei bisogno di un'informazione.»

«Mi dica.»

«Sa dove si trova la Residenza Punto Feliz? L'indirizzo è su questo biglietto, guardi. Posso andarci a piedi? Sa darmi indicazioni per raggiungerla?»

«A piedi?» L'uomo delle informazioni sorrise e con una leggera ironia continuò: «A nuoto, al limite. Deve raggiungere Venezia, qui siamo a Mestre. Intanto chiami un taxi, ci sono anche qua sa?».

«Grazie, mi ci farò portare.»

Patrick si diresse verso i taxi e si rivolse al primo tassista disponibile: «Dovrei andare alla Residenza Punto Feliz, può portarmi lei?».

«Io l'accompagno in stazione, da lì può prendere il vaporetto.»

«Va bene, grazie.»

È lì che vive Lei. Farò di tutto per ritrovarla.

4
PUNTO FELIZ

Patrick posò la sua piccola valigia, tirò la cordicella e si azionarono dei campanelli che emisero un suono lieve e deciso. Venne subito pervaso da un'intensa sensazione d'armonia.

Un uomo completamente calvo, scuro di pelle, con la barba bianca, curatissima, a filo, venne ad aprire.

«Buongiorno, sono il signor Del Fiore...» Poi si bloccò non sapendo cos'altro dire, vittima della sua stessa confusione.

«Buongiorno, io sono Miguel. Prego, si accomodi, le mostro il suo miniappartamento.»

«Cos'è questo suono?»

«Sono campane tibetane, una fra le scoperte dei miei numerosi viaggi. Insieme al granito di questo cortile che ho rivestito interamente io. Il granito ha per me il significato della vera accoglienza, è uno stupendo conduttore di energia positiva e forma una specie di cinta di protezione: per questo l'ho scelto. Sa, quando si decide fortemente qualcosa la spinta non è solo pratica, proviene dal punto più nascosto della nostra mente, quello che smista i nostri desideri più interiori. Ogni materiale che scoprirà in questa residenza è arrivato insieme alla scoperta di qualcosa di più profondo. Noi siamo parte integrante del nostro pianeta, e lo stesso pianeta è un flusso delle nostre coscienze, per cui migliora o peggiora in base alle nostre energie mescolate e alla cura che mettiamo nel renderlo speciale o nel trascurarlo. Qui ogni cosa curata dal punto di vista architettonico non è stata scelta esclusivamente per la bellezza estetica, per l'apparenza, ma è stata curata per coccolare il nostro "Punto felice". Tutto ciò che s'impara dall'amore non ha senso se resta solo un sapere teorico e non viene applicato al benessere dell'uomo. In questa residenza ci sono persino i materiali che ho scoperto ogni volta che la mia anima ha compiuto un'evoluzione e si è essa stessa scoperta, per lasciarsi coprire da un nuovo calore.»

«Io dipingo e capisco cosa intende con questo. Da Modigliani in poi credo si associ al ritratto la condizione assoluta per cui non si possono dipingere gli occhi di qualcuno senza prima scoprirne l'anima. Per questo ho sempre cercato di dipingere non soltanto le fattezze esteriori del viso di una donna, ma l'espressione di quella parte del respiro più interna che io, che non sono credente, chiamo "dio interiore" e che si manifesta per mezzo dei flussi di coscienza. Quindi comprendo quello che sta cercando di dirmi. Penso che mi troverò bene qui. Già mi sento a casa.»

«Si lasci interrogare da questo suo dio interiore e scoprirà presto il motivo che l'ha condotta qui. Piuttosto, se le va smettiamola con questa distanza, il lei ci invecchia la pelle, non trova?»

Patrick sorrise e gli disse il suo nome.

Si accomodò nel suo miniappartamento e si rese conto presto che aveva un'unica valigia con dentro l'indispensabile. Scese nella piccola hall per domandare l'orario dei pasti.

«Miguel, scusami, avevo un unico bagaglio quando sono arrivato? Soltanto questa valigia? Non ricordo bene.»

«Sì, non c'era altro davanti all'ingresso. Hai scordato qualcosa in aeroporto?»

«Forse, ma non importa.»

«Caro Patrick, Venezia è una città meravigliosa, se non l'hai ancora vista devi assolutamente conoscerla, non perdere tempo e vai, vedrai, sarà lei a riconoscerti e ad abbracciarti. Non temere, ti darò delle indicazioni per fartela visitare, scoprire e amare.»

«Ho uno strano magone allo stomaco, non riesco a capire da che dipenda, mi sono perso qualcosa in questo viaggio e non so più perché sono qui. Ma al contempo ho la consapevolezza di essere nel posto giusto, nel momento giusto, almeno per una volta.»

«Venezia ha la capacità di tirare fuori dalle persone i loro reali desideri. Ci sono strane e assurde consapevolezze che arrivano alla fine per rivelarci un inizio acerbo, incapace di maturare. Poi matura quando non c'è più tempo a disposizione. Sono leggeri dolori che ti arrivano nello stomaco quando meno te l'aspetti. Sono un mix fra il rumore della gioia che vola dentro di te come milioni di farfalle e un cupo silenzio che rimbomba come solo il vuoto è capace di fare. Sono le immense contraddizioni che si fanno largo nell'animo umano.»

«È proprio così, è davvero così che mi sento.»

«Patrick, le cose le lasci andare per tantissimi motivi, non soltanto perché un sentimento muore, le lasci andare per la tua inadeguatezza, per codardia. Le lasci andare per insicurezza, per paura di rischiare ancora, o per non affrontare la fatica che comporta lo scendere a compromessi con la parte più rigida di noi. Ma il primo torto lo fai a te stesso. Nel momento in cui scegli di non dare, togli essenzialmente amore a te, ancor prima che alla persona da cui ti allontani. Accade di capire come sarebbe andata la corsa quando ha vinto qualcun altro, perché te ne sei andato via prima della fine.

Questo è il rimpianto più grande che un uomo possa avere nella vita. Capire di non aver partecipato alla corsa per la sua felicità, di essersi arreso prima del traguardo. Accorgersi che la forza nelle gambe c'era e c'è ancora, ma da sola non può nulla senza quella della mente. Non solo il cuore, anche la mente deve stare dalla parte dell'amore. Si deve arrivare al punto in cui non esiste più un modo per tornare indietro. È quello il punto da raggiungere, perché è da lì che si parte veramente. Tutto quello che c'era prima era solo il riscaldamento, il preludio del viaggio. Quello che scopri allora nella tua anima è il "Punto felice". Una quiete insolita che sovrasta il tutto senza prevaricare niente e nessuno. Sovrasta te stesso e le tue preoccupazioni. Sospende i vecchi battiti per regalartene di nuovi, per dare al cuore un battito migliore. Dovrai essere in grado di inventarti sempre ogni giorno come se fosse l'unica soluzione possibile.»

«Il Punto felice.»

«Sì. Se non si fissa un obiettivo comune, ognuno inseguirà soltanto i suoi progetti personali. Tutto questo è importantissimo e va coltivato con passione. Un rapporto di coppia è costruire un progetto a due che includa soluzioni comuni. Questo non vuol dire rifiutare evoluzioni e mutamenti, non accorgersi dei cambiamenti, soprattutto dei propri. Non significa non perdersi, significa semplicemente non smettere di ricercarsi. Perché il Punto felice non è in un punto fermo, si sposta di continuo, lo perderai e lo ritroverai infinite volte. E soprattutto non bisogna mai pensare di essersi allenati abbastanza perché avremo sempre bisogno di fiato nuovo e di un nuovo allenamento, di fermarci a mettere ordine nei respiri per poi ributtarci nella corsa. Consapevolezza è una corsa che non è una gara, è una corsa con se stessi. È tentare di superarsi e non di superare. Ritagliarsi il tempo necessario per arrivare all'essenza delle cose: all'essenziale. Consapevolezza è capire che amarsi è varcare il confine fra due vie, fra l'appartenersi e il rifiutarsi. È la terza strada possibile: sospingersi nell'altro con dolcezza, lasciando spazio ma non distanza. Consapevolezza è capire che superare se stessi non significa non fermarsi a respirare. Che il nostro cuore è una porta spalancata sul mondo e non sul ripostiglio di casa nostra. Che sarebbe bello vivere buttando via la sveglia. Ma il Punto felice è anche sentire il rumore di una chiave nella porta di casa più o meno alla stessa ora e sapere che è la donna che ami che torna, e che dopo anni ha intorno ai lati della bocca quelle due piccole rughe nate dai sorrisi che avete condiviso. Avvicinarti per baciarla sugli angoli delle labbra ogni sera, come se fosse la prima sera che ti sorprende la meraviglia, come se fosse la prima sera che ti accorgi della sua bellezza, che ti accorgi delle rughe d'espressione del suo sorriso. E capire che non ti serve davvero nient'altro e che quando non ti accorgi dei miracoli è perché tu sei il miracolo della tua vita e lei è il tuo stato d'attimo e l'attimo infinito. Se si è capaci di far questo con se stessi, allora si è in grado di amare davvero.»

«Credo di essere qui per trovare il mio Punto felice.»

«E allora, caro Patrick, devo dirti che sei nel posto giusto. D'improvviso capisci che la vita in cui ti ritrovi

29

non l'hai scelta tu, ma l'hai solo subita e tutte le ipotetiche soluzioni che cerchi fuori non fanno altro che alimentare il flusso velenoso del tuo malessere interiore. Nessuno da fuori può dirti quel che è giusto fare, quel che è giusto scegliere. Dentro te, è solo dentro te che dovrai saperlo. Le scelte che fai non sono passibili di giudizio, sono in linea con i tuoi bisogni o sbilanciate e non sempre recuperabili. Poi ci sono le coincidenze, io alle coincidenze credo ciecamente. Molto è casuale, sì, capita per caso, ma poi sta a noi valorizzare gli attimi o buttarli via. Ogni vita è intrisa di milioni di differenze, per questo dubito sempre di chi giudica gli altri. Della vita degli altri conosciamo davvero poco. Le persone giudicano spesso ma non ascoltano perché è più comodo decidere a priori come stiano le cose. È un altro modo di non voler vedere. Non abbiamo bisogno di consigli, ognuno di noi sa già in cuor suo cos'è che non ha funzionato. Abbiamo bisogno solo di un po' d'attenzione in un mondo in cui la fretta ci ingabbia e ci toglie personalità.

Una volta, mentre ero in stazione ad aspettare un treno, ho visto le persone passarmi davanti come nella sequenza di un film. Ognuno era diverso, in attesa di qualcuno, soffriva per qualcosa o qualcuno. E ho capito che non siamo numeri in corsa, siamo piccoli mondi in miniatura. Il problema maggiore però non sono gli altri, siamo noi stessi. Agli altri pian piano si impara a dare l'attenzione che meritano. Si impara a distinguere il giudizio dalle valutazioni date con dolcezza, a fin di bene. Il difficile è sganciarsi da quell'etichetta scomoda che gli altri ci attaccano addosso. Dovrei essere più persone in una sola se dessi ascolto a quel che dice la gente, alle interpretazioni di ogni mio passo, di ogni parola, alle presunte verità scelte al mio posto. Ma, bella o brutta che sia, ho una sola personalità, e questo è molto meno preoccupante di chi ne assume centomila a seconda delle circostanze, perché in fondo chi è così non ne ha nessuna. Ho sempre pensato che chi di colpo molla tutto e fugge, non lascia tracce, non si fa più trovare, fosse stanco di avere addosso un'etichetta, di aspettative oramai fuori tempo per il suo tempo. Ha deciso di cambiare pelle, di farsi tabula rasa e rimodellarsi partendo da capo. Senza inibizioni e senza le pesanti aspettative di nessuno. Perché vedi, Patrick, noi non siamo al mondo per soddisfare le aspettative di nessuno, noi siamo al mondo per evolverci e raggiungere il nostro benessere.»

«Quando hai aperto Punto Feliz?»

«Vieni, ti mostro una cosa.»

Miguel condusse Patrick fuori dalla residenza e gli indicò una targa incisa sulla pietra, posta sopra il campanello dell'entrata.

Si cambia di colpo, non è vero che ci vuole tempo.

Si cambia di colpo o non si cambia più.

Si cambia con la certezza di essere sempre gli stessi ma in preda a uno shock improvviso, deciso, che mira alle tempie e fa chiudere gli occhi per un secondo. Un capogiro, un girotondo che porta altrove da quel che si era, soltanto per ricondurre dentro a quel che si è. Tutta la vita che passa davanti, come un proiettile inarrestabile che ti ammazza di novità. Frastornati ma intonati col progetto del mondo. Un sorriso d'orgoglio sulle labbra, che arriva nel momento in cui finalmente si è capito qualcosa di sé.

Vedere l'aria colorata, azzurra, senza riuscire più a distinguerla dal cielo, sentire dentro di sé una nuova impostazione di voce nell'anima. Un colpo di tosse a ridare coraggio, un nuovo debutto del cuore. L'occasione ruba-

ta in tempo al tempo per fare un sospiro e sentirsi almeno un po' meglio di prima. Perché arriva il giorno perfetto in cui se hai coraggio ti ritrovi a cambiar pelle e la
smetti di portarti addosso tutti gli strati morti di una vita.

«Quanto è vero, Miguel.»
Miguel pose la sua mano sulla spalla di Patrick, quasi
come fosse un abbraccio velato, e insieme rientrarono.

5
LA GROTTA DI SALE

Dopo aver registrato i nuovi ospiti arrivati al Punto Feliz, Miguel raggiunse Patrick sui divani al centro della hall e i due ripresero a parlare.

Patrick ripensò al suo arrivo a Venezia.

«Quand'ero in aeroporto ho visto una donna, la donna che ho ritratto in un mio quadro e, non ricordo bene cosa mi sia successo, però ricordo alla perfezione che prima di partire sono salito in soffitta perché volevo prenderlo e portarlo via con me. La donna nella tela non c'era più, eppure io sono certo di averla dipinta, perlomeno cominciata, ma... forse non ho finito.»

«Forse avevi lasciato il tuo quadro a metà.»

«Ho sempre avuto l'ossessione della perfezione. Di ogni quadro desideravo riuscire a dipingere la scena successiva a quella rappresentata. Mi sembrava che ogni gesto, ogni dettaglio potesse spostare l'aria e dare origine dentro me a un nuovo pensiero, a una nuova idea, e così ciò che avevo dipinto fino a quel momento mi sembrava già superabile, sentivo di poter fare di più, perché c'era sempre una sfumatura non colta, un particolare migliorabile. È qualcosa di paradossale, provo a spiegartelo così: un'immagine che raffigura un momento, anche se fatta bene, resta sempre parziale perché comunque è incompleta rispetto all'infinito. Questo è sempre stato il mio desiderio, stravolgere la parzialità di un momento rispetto all'infinito. Un quadro può essere incompleto perché incompiuto o incompiuto perché incompleto. I miei lavori mi sembravano sempre incompleti per questo desiderio d'infinito.»

«E per non lasciarli incompleti non li hai mai finiti» disse Miguel. «La perfezione, Patrick, è tendere verso l'infinito, ma come ben sappiamo la perfezione non esiste.»

«Eppure quella donna rappresentava e rappresenta ancora la mia idea perfetta di qualcosa di sublime. Io desidero trovare questa donna e dipingerla nuovamente, farla rientrare nella mia tela. Non posso dedicarmi ad altro, questo è il mio pensiero primario, adesso. Dove credi che io possa cercarla?»

«Se è lei, la troverai. La nostra vita deve andare avanti, ma so anche che ci ributta addosso con una puntualità quasi disarmante tutti gli appuntamenti non conclusi interiormente. Certe persone non si cercano ma non si perdono, anche se non sono più in contatto materialmente si continuano a influenzare, come pianeti, come fossero tenute unite da un legame invisibile e indissolubile, un *fil rouge*. Ho sempre pensato che il destino ce lo facciamo noi. Vivere non è camminare in una città decisa dal destino, vivere è scegliersi il proprio universo e renderlo abitabile. Trasferirci mare, cielo, terra, spaccare i vetri alla paura e rendere ogni emozione invasa da campi di pensieri d'amore. Solo così ogni giorno diviene una piccolissima riproduzione d'eternità. È tutto legato a un attimo, a uno sguardo, come un lampo improvviso. Ti abbaglia a tal punto da non reggerlo e così per paura abbassi gli occhi, fingendo di non vederlo. Se ti giri fuori tempo ha svoltato l'angolo. Guarda il fiore nella sua stagione.»

«La devo trovare, Miguel.»

«Inizia a comprare quello che ti serve per dipingere. Vai con mio figlio, Enrique. Ti porterà da Vince, fa il gondoliere, con lui potrai scegliere tele, pennelli e quanto ti occorre. L'ho già avvertito, ti aspetta.»

«Grazie, parlarti è stato prezioso, conoscerti è un dono.»

Enrique era un bambino biondo di nove anni. Aveva la carnagione chiara e due fossette sulle guance che comparivano ogni volta che rideva. Patrick lo aveva preso in simpatia fin da subito e fu contento di essere accompagnato da lui a fare le sue commissioni.

«Dove mi porti allora? Parlami un po' di questa tua città!»

«Mentre andiamo da Vince ti faccio vedere anche la mia scuola... Hai visto che qui i bambini possono giocare tranquilli? Non c'è nessun pericolo e papà non ha paura di mandarmi in giro da solo.»

«Ho visto, ho visto! Siete fortunati qui.»

«L'unico pericolo è cadere nell'acqua.»

«Be'! Basta non avvicinarsi troppo...»

«Ogni tanto lo faccio ma tu non dirlo a papà!»

Patrick pensò che, nonostante tutte le accortezze possibili, ci sono momenti che sfuggono al nostro controllo. Per quanto cerchiamo di proteggerci e di proteggere le persone che amiamo, non possiamo cambiare gli eventi, perlomeno non del tutto. Il caso e il destino si toccano, come due estremità che tornano a combaciare.

D'improvviso cominciò a piovere senza dare loro il tempo di accorgersene.

Gocce dure, pungenti come spilli freddi conficcati nella carne.

«Un giorno crescerai e ti accorgerai che l'amore ha

la stessa forza di un uragano, non puoi impedire che si manifesti. Ti puoi nascondere, però, e aspettare che passi senza chiederti cos'è. Ma se decidi di uscire non devi portare l'ombrello. Spesso è quando smetti di proteggerti dalla pioggia che esce il sole, quando non ti difendi più. È il tuo coraggio che prende il sopravvento su ogni nefasta previsione di sconfitta. E quel che è andato è andato, non fa niente, se non ti arrendi il bello torna sempre.»

Poi aggiunse con un sorriso: «Dài, rientriamo che tuo padre mi sgriderà se ti prendi il raffreddore».

Patrick suonò il campanello, coprendo la testa di Enrique con una busta di plastica vuota, per ripararlo dalla pioggia. Miguel venne ad aprire: «Vi ha sorpreso il temporale, peccato...».

«Sì, purtroppo! Non sono riuscito a comprare ciò che mi serviva e non siamo più andati in gondola, visto il tempo. Però sono davvero curioso di conoscere un gondoliere.»

«Sbrigatevi, entrate! Patrick, vieni di là con me che mentre asciugo e cambio Enrique do anche a te degli asciugamani.»

«Sì, grazie.»

Mentre Miguel asciugava suo figlio, Patrick si guardò intorno e intravide, dietro una porta semichiusa, un ambiente tutto completamente rosa. Istintivamente si avvicinò e il piccolo Enrique esclamò: «Papà! Papà! Andiamo nella grotta di sale?».

«Sì, va bene, così la faccio vedere anche a Patrick.»

«Cos'è una grotta di sale?» domandò incuriosito Patrick.

«Vieni, entriamo...»

Miguel aprì la porta e Patrick vide davanti a sé una distesa rosa protrarsi fino al soffitto passando per le pareti che sembravano pietre ma in realtà erano sale.

«Un tempo i monaci curavano gli ammalati nelle grotte di sale. Sono terapie che vanno al di là della medicina tradizionale. Non è riconosciuta una valenza scientifica, eppure i benefici si sentono eccome. Questo sale viene dall'Himalaya, non è trattato, è purissimo. Puoi toccarlo.»

Patrick si accorse che poco più in là vi erano dei giocattoli per bambini e delle sdraio. Sembrava di stare al mare.

«E come funziona il trattamento?»

«Viene ricreato un particolare microclima. Quarantacinque minuti di seduta sono l'equivalente di un weekend sulla spiaggia. Certamente nessun surrogato è bello quanto ciò che è naturale, però è molto rilassante. In più ci sono i benefici della cromoterapia e della musica che puoi scegliere tu. Che musica vuoi?»

«Non saprei, fai tu.»

«Bene, allora ti farò ascoltare un gruppo che adoro e trovo molto rilassante. Si chiamano XX. La loro particolarità è che su entrambi i cd c'è un'enorme X. Il primo è nero, il secondo è bianco. Quale preferisci?»

«Bianco.»

«Si chiama *Coexist*. Coesistere. Esistere insieme.»

Enrique prese a riempire dei secchielli con il sale e Patrick si accomodò su una delle sdraio, accanto a Miguel, mentre la musica scorreva leggera nell'aria quasi come se la serenità si potesse percepire visivamente, come se si potesse toccare per qualche secondo qualcosa di davvero esclusivo, di trascendente.

«Sembra tutto perfetto qui, ci sarà un trucco da qualche parte!» disse Patrick mentre il soffitto cambiava colore, creando una scala cromatica stupefacente.

«Nessun trucco.»

Patrick sorrise e poi riprese: «Ripensavo a quello che mi hai detto oggi, al discorso relativo all'etichetta che gli altri ci affibbiano e al motivo per cui a un certo punto le persone spariscono».

«Esattamente... noi abbiamo diritto a ritrovare la nostra felicità. Sai perché te ne ho parlato? Perché l'ho fatto anch'io. Non a caso questa residenza si chiama Punto Feliz. Quel leggero accento galiziano che ancora puoi cogliere è dato dalle mie origini che non rinnego. Ricostruirsi non significa cancellare. Della mia terra ho portato con me i mille fiumi che mi scorrono dentro, tutti affluenti del mio sangue. Ho fatto delle scelte di vita che molti hanno condannato. Lasciare un lavoro a tempo indeterminato per rincorrere i sogni, ad esempio. Sembra un crimine al giorno d'oggi, ma io non sono immortale e nemmeno la mia anima lo è, perlomeno questo è ciò che credo. Ha bisogno di volare senza troppi orologi. Ha bisogno di credere che il tempo sia un'invenzione diabolica per tenerci tutti al guinzaglio. Io al guinzaglio non terrei nemmeno i cagnolini. Basta educarli a starci al passo per non farli finire sotto un'automobile. Anche noi possiamo rieducarci alla vita che vogliamo. Il miglior modo per essere felici è inventarsela, la felicità.

La felicità non è un'amante infedele che ci scivola nel letto la notte per scomparire e dileguarsi al mattino. La felicità è disegno instancabile, insieme di cerchi concentrici che si allontanano solo per sfuggire all'impatto e ritornare nel centro di un sogno più grande. Contiene il desiderio illimitato di non fermarsi all'arrivo di un sogno ma di superarlo in volata e sorridendo sorprendersi, compiacersi, dirsi: "È di più". La felicità spacca le regole. Corre il rischio di perdere tutto e se si perde riparte da zero e ritrova la strada. La felicità è coraggio al quadrato. Produzione propria e naturale d'anima. Dev'essere in grado di rigenerarsi restando sul posto, evolvendosi.

Se non si sente forte dentro questo coraggio è meglio rinunciare a essere felici. Perché la felicità non ama a metà. È sostanza d'amore e l'amore non si arrende. Non si rassegna. Noi sappiamo cos'è che ci manca anche quando fingiamo di non saperlo.»

«"Noi sappiamo cos'è che ci manca anche quando fingiamo di non saperlo." Quanta verità... quante volte ho finto di stare bene con me perché non ero pronto a cambiare situazioni ormai fuori luogo per la mia vita.»

«Forse tu lo sai chi sei ma sei qui per il bisogno di diventare qualcun altro, qualcuno che non sei mai stato. E non perché non volevi esserlo ma perché sei stato vittima dei condizionamenti, hai avuto paura di dare un dolore a chi ti voleva bene, hai seguito ciò che gli altri si aspettavano che tu fossi e facessi. Il tuo vero io ha deluso anche te e adesso non stai più mollando la presa della tua coscienza. In fondo puoi chiamarla come vuoi: coscienza, anima. Tutto quel che ti racconti per mandarla fuori strada non basterà a farti allontanare da quel che davvero senti di desiderare. Sei venuto qui a riprenderti i tuoi desideri. Puoi dar la colpa alla sfortuna per quello che non hai ma mai per quello che non sei.»

«Grazie Miguel, vorrei restare ancora un po' qui, si sta così bene, ma forse è meglio che rientri, ho un po' di cose da sistemare in camera.»

«Certo, vai! Enrique, accompagna Patrick, così guardi se gli manca qualcosa. Non ricordo se ho messo l'acqua nel frigo.»

Poi rivolto a Patrick: «Ciao, Patrick. Domani rimedieremo alla giornata di oggi e conoscerai Vince. Vedrai che ti piacerà. Così potrai anche comprare ciò che ti occorre per dipingere».

«Grazie ancora, Miguel. Ci vediamo domattina.»

Mentre salivano le scale Enrique si voltò verso di lui: «Voglio chiederti una cosa!».

«Dimmi pure...»

«Oggi, mentre parlavate, tu e papà, ho sentito una parola straniera. Io vorrei sapere tutte le lingue del mondo perché così posso capire tutti i bambini che non parlano come me.»

«Con papà? Ah sì, parlavamo del *fil rouge*. Non ti sfugge niente, piccoletto, eh?

Vedi, l'origine del *fil rouge* risale a una leggenda cinese, anche se poi venne ripresa da uno scrittore, Goethe, nel suo romanzo *Le affinità elettive*. Quando sarai grande, se vorrai lo leggerai. È un filo che lega due anime destinate prima o poi a incontrarsi e che non si spezza per nessuna ragione, neppure se i corpi sono distanti. Io al destino non credo, ma al fatto che il legame vada oltre i corpi e resista al di là delle circostanze sì. Alcuni fili non li spezzano neppure le mani della volontà.»

«A me piacerebbe fare sempre quello che mi pare. Però non vorrei lasciare il mio papà, questo è un *fil rouge*?»

«Sì, credo di sì» rispose Patrick sorridendo.

Entrarono nel miniappartamento, Patrick aprì il frigobar.

«C'è tutto, rassicura papà. Ci vediamo domani, buonanotte.»

Patrick salutò Enrique, si sdraiò sul letto, e dietro la porta notò una targa in legno. Si alzò per guardarla da vicino, si riconoscevano i cerchi del tronco. Ricordò che suo padre molti anni prima gli aveva detto che quei cerchi erano gli anni di vita dell'albero. Gli aveva detto: «Se avrai pazienza e ti fermerai a contare tutti i cerchi, sia quelli chiari sia quelli scuri, potrai scoprire l'età della pianta!».

Pazienza! È una strana parola. Puoi dirla quando aspetti

e quando scegli di non aspettare più. Quasi non gli scocciava di non ricordare ogni cosa, di non capire proprio tutto. Forse si era arreso consapevolmente a questa nuova condizione. Forse quando si è davvero sereni, quando si ha un desiderio da realizzare, non si ha più bisogno di indagare, solo di prendersi il tempo che rimane, senza sprecarlo più.

Lesse quanto scritto sulla targa:

È troppo facile offrirsi agli altri solo quando ne abbiamo voglia e possibilità. Non sono le ore morte che dobbiamo dare agli altri, sono le ore vive. Ritagliare spazi nelle ore dense, piene, è il vero regalo. È proprio quando siamo in difficoltà, stretti da tremila impegni, che doniamo, senza scuse e giustificazioni, senza comodità, senza convenienze, senza dimenticanze. Doniamo davvero quando l'altro ha bisogno, non quando siamo liberi noi. Altrimenti offrirsi diventa ancora una volta un prendere e non un dare.

Ecco che tutto tornava. Il tempo, la memoria, l'amore, le tre punte di un triangolo perfetto nella sostanza e imperfetto poi nella pratica. Ma forse il senso della vita non è avvicinarci sempre più alla perfezione inarrivabile, è arrenderci all'evidenza che perfetti non lo saremo mai, ed è questo che ci salva e ci libera.

6
SINERGIE

Il mattino seguente Patrick fu svegliato da Enrique, che gli portò insieme al suo sorriso e alle allegre fossette un muffin ai mirtilli.

«Buongiorno!»

«Buongiorno. Ha detto papà di passare da lui, dopo colazione.»

«Va benissimo, ringrazialo!»

Miguel diede a Patrick una cartina e i recapiti di Vince, per poterlo finalmente incontrare. Uscì a piedi e gli sembrò una sensazione così strana quella di poter passeggiare senza la preoccupazione di essere investiti, senza il rumore estenuante dei motori accesi delle automobili. Si perse diverse volte, poi raggiunse finalmente il luogo dell'appuntamento. Telefonò per avvisare ma riconobbe Vince istintivamente. Era accanto a dei turisti per scattarsi con loro una fotografia. Aveva una trentina d'anni, una maglietta bianca e blu a strisce orizzontali e un cappello di paglia intrecciata con il doppio raso.

Si avvicinò.

«Buongiorno!»

«Buongiorno a te.»

«Spero di non disturbare...»

«Ma va là! Far 'na bòna acoliénsa è tipico veneziano...»

«Mi sono perso diverse volte per arrivare qui. Come mai i numeri civici saltano di palo in frasca?»

«Tu sei abituato a Roma, Venezia ha sei sestieri, dove abito io è Campo del Ghetto Novo, è il sestiere di Cannaregio. Qui da noi la numerazione civica è unica per ciascun sestiere, quindi può capitare che a distanza di poco spazio i numeri siano molto differenti. Guarda.»

Vince indicò il ferro anteriore della sua gondola.

«I sei sestieri sono rappresentati simbolicamente dai sei denti anteriori del ferro della gondola. A questo mai nessuno fa caso ma può essere interessante saperlo.»

Patrick sorrise.

«Sali, ti porto a fare un giro. Poi dimmi cosa ti serve, così scelgo il posto migliore per farti comprare ciò di cui hai bisogno.»

«Soffro un po' il mal di mare, credo. Come ci si abitua a tutta quest'acqua?»

«Come ci si abitua a ogni cosa!» disse Vince, sorridendo.

«Tu sei nato qui?»

«Sì, ma la mia vita è abbastanza complicata, magari un giorno te la racconto. Tu invece come mai sei venuto a fare il pittore a Venezia?»

«Sono venuto a dipingere una donna. Non so dirti altro per ora e non perché non voglia... Che meraviglia questa città!»

«Non l'avevi mai vista prima d'ora? È quasi un sacrilegio!»

Patrick restò incantato dai numerosi cartai di Venezia. Gli tornò in mente via Margutta, nella sua Roma, una via che amava tanto e che ancora ospitava piccole botteghe artigiane.

«Alzemo i tachi, dài, che l'è tardi! Scusami, ogni tanto non trattengo il dialetto.»

«Ma figurati, non preoccuparti, mi piace!»

«Venezia è sempre stata una ricca città e anche una città ricca. Ricchezza materiale e ricchezza culturale, ecco, le ha sempre avute entrambe. Poi sai che quando si sta bene economicamente, in alcune persone nasce il desiderio sfrenato di possedere di più e di esibire il lusso che ci si può permettere. Ci vuole un po' per riappropriarsi delle cose indispensabili, rispetto al superfluo. Le gondole sono nere per questo. Venne decretato già nel Seicento, per evitare che divenissero pacchiane.»

«Come da noi per i Suv, ho capito.»

I due risero insieme.

«Ti porto a vedere anche la vera casa di Giacomo Casanova, se vuoi.»

«Magari la prossima volta, se non facciamo in tempo.»

«Stai tranquillo, la bottega dove voglio portarti non è molto lontana, è a San Marco. Le distanze di Venezia non sono affatto come quelle che ricordi a Roma, diventano problematiche soltanto se non ami camminare. Accompagnami a lasciare la gondola che dobbiamo andarci a piedi.»

«Ecco, mi sono sempre chiesto: ma dove si lascia una gondola?»

Vince sorrise: «Tu dove parcheggi la macchina di solito?».

«Vicino casa.»

«Ecco, perfetto! Esistono gli stazi per le gondole, il mio è vicino a dove abito. La prossima volta ti faccio vedere anche casa mia.»

«Ah! Ne sarò davvero contento.»

«Non ti porto adesso soltanto perché perderemmo

troppo tempo. Comunque è lì, in quel palazzo, all'ultimo piano. Ha una caratteristica quasi assoluta, un'altana in legno con la vista aperta sulla laguna.»

«Dev'essere splendido!»

«Andiamo a comprare le tue cose, dài.»

Patrick e Vince entrarono nella bottega e si addentrarono fra gli scaffali perdendo completamente la cognizione del tempo.

«Questo pomeriggio è passato così velocemente» disse Patrick sorpreso. «Persino il tramonto sembra diverso qui. Si riflette negli occhi. Viene voglia di innamorarsi, di guardarlo con qualcuno.»

«Un tempo credevo che per amare bastasse il batticuore senza limiti, la passione viscerale, ed era questo che ricercavo in ogni incontro. Oggi invece so che non potrei mai innamorarmi di una donna che in un tramonto ci vede solo un tramonto. Per amare una persona per tutta la vita c'è bisogno che guardi il mondo come noi, con la stessa meraviglia. Il resto sfumerà, non avrà la forza necessaria.»

«Già... l'affinità che nasce dai pensieri o esiste o è impossibile crearla a tavolino.»

«La definirei una storia d'amore fra anime complici. Io ci penserei bene, a sprecare un incontro così. Anzi, sai che ti dico? Prima di tornare al residence ci regaliamo un brindisi. Ti porto a bere uno spritz all'Harry's bar.»

«L'Harry's bar. Ne ho sentito tanto parlare!»

«Ha avuto molti clienti storici d'eccezione. Dagli anni Trenta è un ritrovo di artisti, per cui, vedrai, ti porterà bene.»

Una volta entrati nel bar, Patrick e Vince sorrisero brindando alle sinergie che nascono tra le persone che si riconoscono: «Agli incontri inaspettati fra anime complici!».

Rientrati nel residence, Vince si buttò di peso su un divanetto della hall con accanto tanti cuscini e un narghilè che, anche da spento, odorava fortemente di mela. D'improvviso gli squillò il telefono, rispose e nel frattempo su un foglio di carta prese a disegnare con la penna tanti cuori senza mai terminarli, lasciando sempre un pezzettino vuoto, l'estremità finale o l'intersezione delle due parti superiori. Un foglio pieno di cuori a metà che catturò l'attenzione di Patrick. Poi Vince riattaccò bruscamente e si sdraiò sul divano davanti alla televisione.

«Ti lascio un po' tranquillo adesso e ne approfitto per andare su in camera a sistemare parte delle cose che abbiamo comprato.»

«Ok, io intanto provo a riaccendere questo narghilè.»

Patrick si mise in terrazza e preparò il cavalletto con la tela.

La terrazza era splendida, il panorama mozzafiato e, in lontananza, si vedevano i fuochi d'artificio. C'erano dei tavolini asimmetrici in legno e delle sedie, sempre di legno, dalla forma di animali selvatici, bufali, rinoceronti, zebre, cavalli. Su ogni tavolino era appoggiata, al centro, una bottiglia vuota con dentro dei fiori. Patrick si avvicinò e si accorse che ogni bottiglia era un vaso e che i fiori non erano stati strappati, ma crescevano nella propria terra.

«Cosa guardi con gli occhi lassù?» Enrique si avvicinò.

«Attendo una stella, vorrei dipingerla mentre cade.»

«Non farai in tempo, è troppo veloce.»

«Dici?» Sorrise. «Prendi il pennello.»

Il bambino prese il pennello.

«Sai di cosa ho sempre avuto paura, e non solo quando ero piccolo come te? Di non riuscire a rendere perfetti i miei lavori. Poi mi è accaduta una cosa strana, quasi magica, io la chiamo "la sindrome del quadro mai dipinto". La persona che avevo ritratto nel mio disegno non c'era più, era sparita!»

«Come non c'era più?»

«Sì, non c'era più. E ho capito che la perfezione non è altro che la preoccupazione di non piacere abbastanza a noi stessi. Non bisogna avere mai questa paura. Siamo quadri ancora da dipingere.»

«Ma tu hai paura di morire?»

«Non ho paura di morire, ma di morire prima di sapere cos'è che voglio, di capire di cosa ho realmente bisogno: questo sì, lo temo. Ho sempre provato a essere un pittore di sogni in ogni frammento della mia vita, non solo mentre dipingo. Si può insegnare l'arte della pittura, per quanto poi ognuno di noi sia più o meno portato, ma non s'insegna l'arte della vita. Quella te la insegni da te, olio su tela o carboncino, acquerello, tempera o graffiti. È solo tua la scelta. Ma se non applichi l'arte alla vita non sei un buon pittore, sei solo un esecutore. Se non conosci il tuo cuore non sarai mai un artista, perché l'arte nasce dal tentativo di liberarsi dei propri tormenti. Mentre cade la stella dipingila con gli occhi dentro di te. Nulla è troppo veloce, nulla più dell'amore.»

«Che cos'è l'amore? Di che forma è?»

«Oh! Ho immaginato spesso le forme dell'amore. Sinuose, direi.»

«Sinuose che significa? Aspetta, me lo spieghi dopo, scendo a chiedere a papà se mi dà un gelato, lo vuoi?»

«Ma sì, dài, grazie!»

«Che gusti vuoi?»

Patrick fece una carezza a Enrique.

«Cioccolato e pistacchio.»

«Ok! Torno subito!»

Enrique ritornò in terrazza con due coni gelato e subito riprese: «Allora?».

«Allora, sinuose significa piene di curve, come la vita, piccolo. La vita è piena di curve dalle mille e nuove direzioni. L'amore è in ogni forma. Guarda ad esempio il tuo cono gelato. Senza cono la pallina cadrebbe miseramente in terra, senza pallina il cono non avrebbe senso di esistere. Sono il cono e la pallina insieme a formare il gelato, due forme che ne creano una terza che dà vita a un desiderio.»

«Papà, vieni a vedere?»

«Ma sei ancora qui? Dai un po' di tregua a Patrick, sta lavorando.»

«Ma no figurati, abbiamo mangiato il gelato e fatto un piccolo disegno insieme, adesso in effetti è meglio smettere, riprendiamo domani, ok?»

«Va bene Patrick, a domani!»

«A domani piccolo, io scendo a raggiungere Vince.»

Patrick lasciò il suo lavoro, respirando a pieni polmoni l'aria della sera.

«Eccoti Patrick, ti avrei chiamato. Ti va di vedere un film?»

«Sì, volentieri.»

Si avvicinarono allo scaffale dove Miguel teneva i suoi dvd a disposizione degli ospiti.

«Sceglilo tu» disse Vince.

Patrick diede un'occhiata furtiva e incalzò: «Bene, direi *Vanilla Sky*».

«Non lo conosco, di che parla?»

«È un film sulle conseguenze, su ciò che non sempre ci è permesso cambiare.»

«Va bene, sembra interessante, guardiamolo allora.»

Quasi alla fine Vince si alzò e se ne andò a leggere nella sala della cena.

Patrick rimase attonito, poiché sembrava che il film avesse destato l'attenzione di entrambi e il fatto che Vince se ne andasse senza comprenderne il finale gli sembrò assurdo. Proprio lui che non concepiva l'idea di lasciare una cosa incompiuta. Così spinse *stop* e andò a cercarlo.

«Vince, ma non finiamo di guardare insieme il film? Non ti piace?»

«Sì, sì, mi piace, molto bello.»

«E allora? Non sei curioso di vedere come va a finire?»

«Me ne vado sempre prima della fine.»

«Perché? Fai sempre così? Te ne vai sempre prima della fine anche nella vita?»

«Sì, anche nella vita. È bene imparare a lasciare andare ciò che ci sta lasciando un attimo prima che possa davvero lasciarci. Non mi piace vedere l'inesorabile declino degli eventi. D'altronde faccio il gondoliere, non è un mestiere stabile.»

«Sì ma, ti ripeto, perché?»

«Così si può sempre scegliere un finale piuttosto che lasciarlo scegliere agli altri. Questo film finirà come io penso che debba andare, non come ha deciso qualcun altro.»

«Scegliere un finale è un'illusione, un vero finale che tu lo voglia o no esiste sempre anche se non sempre dipende da noi.»

Poco prima di andare a dormire Vince si avvicinò a Patrick, gli mise una mano sulla spalla, quasi a fargli una carezza: «Non credere, non è come sembra. Ho molto amato».

«Ne parleremo ancora, se vorrai. Dormi bene, a domani.»

Patrick si addormentò con un pensiero nuovo, carico di aspettative condite da una buona dose di cautela. Dormì serenamente e fino a tardi, come non gli capitava da tanto tempo.

7

SESTO SENSO

«Patrick, hai mai sentito parlare dell'amigdala?»

«Sì Vince, l'amigdala è il centro che comanda le emozioni del cervello, ha la forma di una piccola mandorla. In realtà ne abbiamo due.»

«Ecco, ho sempre pensato che gli analfabeti affettivi abbiano un problema nell'amigdala. Quando ci innamoriamo parliamo sempre di cuore ma è l'amigdala il cuore delle emozioni, il cuore del cervello. Credo che il nostro carattere si trovi lì dentro, in questa piccola mandorla. Registra tutto, è la nostra valigia emotiva che pesa e soppesa ogni inizio in base alle tracce del vissuto. Tu credi di poter gestire ogni pulsione ma non è così, non puoi controllare ogni cosa di te stesso. I sentimenti sono l'esperienza cosciente delle emozioni inviate dalla mente, sfuggono al controllo, ma il fatto che gli sfuggano non vuol dire che non ne facciano parte. La prova è che se ci asportassero l'amigdala perderemmo la capacità di amare. Per cui non c'è cuore che tenga senza la testa. L'amigdala ti parla e ti spiega che non è vero che il cervello è soltanto razionalità. Non siamo in grado di comprendere sempre tutto alla perfezione, Patrick, ma è possibile riprogrammarci per incontrare l'amore in modo più consapevole e docile. Imparare a distinguere con chiarezza i nostri bisogni e sentimenti profondi da effimere e passeggere emozioni è l'unica via per essere felici.»

«Ho sentito dire che i grandi domatori di cavalli selvaggi, dopo averli domati, vanno via. Nove volte su dieci, il cavallo selvaggio li segue.»

«Io sono la decima volta. Sono il cavallo selvaggio che ti segue non perché sei riuscito a domarmi, ma perché consapevolmente mi consegno a te. Se pure, affinché accada questo, dobbiamo un minimo lasciarci domare. Essere meno rigidi, meno testardi.»

«Io li immagino così i nove cavalli che seguono il domatore. Li immagino come mi sento adesso. Mantengono comunque il loro spirito selvaggio ma comprendono che non vogliono più vivere soli e allo stato brado.»

«Alla fine i nostri pensieri coincidono, Patrick. Nessuna storia è mai perfetta e c'è sempre qualcosa che dobbiamo essere disposti a perdere di noi stessi per poter poi trovare qualcosa di più grande e ancora sentirci a casa. Avvicinarci per ascoltarci. Il verbo ascoltare è così vicino al verbo amare che a sentirli bene sono un tutt'uno, è impercettibile la loro differenza. Per i cavalli farsi un po' domare equivale proprio a questo, alle radici negli uomini. Ci sono persone che non permettono a nessuno di mettere radici dentro di loro. Ho capito che la felicità non può attendere in eterno, perché l'eternità la danno solo le radici e, quando le radici non esistono o non esisteranno più da nessuna parte, una storia è finita, non c'è altro da dire.»

«Forse io non ho mai permesso a nessuno di mettere radici dentro di me. Non volevo consapevolmente ferire nessuno.»

«Patrick, a ferire feriamo tutti, nessuno escluso! Anche per il solo fatto che non siamo in grado di ricambiare un sentimento. È la nostra parte irrazionale di cui ti parlavo poco fa. Prima la accetti, prima ti arrendi e prima ti riappropri della tua serenità.»

«Ho letto una frase, sai, molto tempo fa, su un giornale. Ero andato qualche giorno a Londra. Diceva: *"Give love without reason. Love can make a lot. More or less it can fill all"*. Regala amore senza ragione. L'amore può fare un sacco. Più o meno può riempire tutto.»

«Come mai eri andato a Londra?»

«Non mi ricordo, sai? Ultimamente ho sempre la sensazione di attendere qualcosa o qualcuno...»

«Non si vive di attese. Non si attende chi non tornerà. Chi abbiamo smesso di attendere tornerà quando ci saremo stancati di aspettare. Perché le cose si sentono. Quando una persona ti ha perso davvero lo avverte in un istante, è l'istante in cui ti accorgi che l'occasione migliore è ancora là fuori per te.»

Patrick guardò dalla gondola di Vince dei paletti colorati nel canale. Il suo sguardo li mise a fuoco, sempre più vicini.

«Mi aspetti qui? Siamo arrivati. Devo andare a prendere un pacchetto, poi sono di nuovo tutto per te. Ormeggio la gondola» disse Vince. D'improvviso gli squillò il telefono.«Contrordine! Ci sta raggiungendo Miguel con un suo amico, il pacchetto lo ritiro poi più tardi. Puoi ricordarmelo?»

«Certamente! Dove andiamo allora?»

«Questa persona che ora conoscerai è molto particolare. Si occupa di esoterismo.»

«Io non credo assolutamente a queste cose...»

«Sono però sicuro che ti piacerà il posto dove ti porto, è l'Isola di San Giorgio Maggiore. C'è molta meno fila che a San Marco, ma è un posto davvero spettacolare. Prenderemo un ascensore che ci porterà nel punto più alto del campanile e vedrai tutto da una prospettiva diversa.»

Scesi dal vaporetto, Patrick e Vince incontrarono Miguel.

«Ciao, Patrick, ti presento Sebastian, è un mio amico di vecchia data e ogni tanto si ricorda di noi e viene a trovarci!»

«Molto lieto! Vince mi parlava di un ascensore che porta in cima a un campanile.»

«Sì e scommetto che, nonostante le tue competenze artistiche, questo posto non lo conosci.»

«In effetti no.»

«Puoi vedere tutto da una diversa angolazione, come se stessi dinanzi a uno specchio. Alla fine dista solo quattrocento metri da San Marco... ma da qui c'è la vista migliore di Venezia.»

Dinanzi a quella vista meravigliosa Patrick provò una forte emozione ed ebbe anche un senso di vertigine.

«Posso permettermi di farle una domanda?» chiese Sebastian a Patrick.

«Certo!» rispose incuriosito.

«Lei si guarda costantemente intorno come se cercasse qualcosa.»

«Sono sempre stato inquieto... e comunque è così, però preferirei non darci del lei.»

«Assolutamente d'accordo, ci mancherebbe! Cosa cerchi, dunque?»

«Una donna che ho visto in aeroporto, appena giunto a Venezia.»

«Un colpo di fulmine?»

«Sì, forse, ma non proprio, è una lunga storia, se ti va te la racconto.»

«Già la so. Immagino che non credi a certe cose, ma ogni uomo ha un sesto senso e una parte oscura e nascosta che lo preoccupa. Eppure mettendola in luce, di riflesso, esattamente come questo panorama, offre delle intuizioni inaspettate.»

«Vorrei crederci ma non ci riesco.»

«Rispondimi di getto. Qual è il tuo colore preferito?»

Patrick lo guardò negli occhi e rispose: «Rosso!».

«Il colore rosso è il simbolo del sangue, di tutto ciò che è viscerale. Influisce persino sul battito cardiaco. In termini temporali il rosso rappresenta e delinea il presente. Il rosso è il colore del primo chakra, il nome sanscrito è Muladhara e significa radice. Sono certo che ci sia un'assonanza fra ciò che ti ho detto adesso e un tuo tormento interiore.»

Alla parola "radice", Patrick ebbe un brusco sobbalzo. Tentò di nasconderlo ma non riuscì a confondere Sebastian, restando quasi in soggezione dinanzi alla sua presenza.

«Non devi spaventarti. Non voglio smascherarti, solo aiutarti.»

«La donna che ho visto in aeroporto aveva un vestito rosso...»

«La rivedrai. Te l'assicuro. Tu hai una forte personalità. Sei competitivo, razionale, audace, prendi le tue decisioni senza tentennare e hai molto spirito di sacrificio. Questo per quanto riguarda il tuo lavoro. Però non indirizzi la stessa energia verso la tua parte emotiva e questo è un vero peccato!»

«Ci sono molte cose che non ricordo...»

«La nostra mente ha bisogno di svuotarsi ogni tanto, non possiamo contenere tutto. Ogni tanto abbiamo la necessità di recuperare i desideri reconditi. Hai notato come Venezia non sia affatto inquinata? Quando la nostra mente è affollata dai pensieri, non riesce più a metterli in fila, a scioglierli, li tiene dentro come fossero una matassa aggrovigliata, diventa come una città piena di smog. Arrivare alle nostre verità, anche a quelle più scomode, ci rende liberi e ci consente di scegliere una direzione.»

Patrick toccò quasi con mano una forte sensazione di beatitudine, turbata solo dal suono del telefono di Vince.

«Ragazzi, dobbiamo andare, devo ritirare un pacchetto, mi ero quasi dimenticato.»

«E meno male che avrei dovuto ricordartelo!»

«Non ti preoccupare, sono contento che ti sia distratto.»

Tornati a prendere la gondola arrivarono a Cannaregio.

«Eccoci!» disse Vince.

«Sebastian, ti rivedo?» chiese Patrick, fissandolo negli occhi scurissimi e penetranti.

«Probabile. Mi fermo ancora qualche giorno prima di tornare a Santiago, io vivo lì.»

Sebastian gli strinse la mano fortemente, passandogli così tanta energia che Patrick ebbe un momento di accordo con la sua vita sconosciuta. Poi seguì il suo sguardo verso il canale e gli sembrò, specchiandosi nell'acqua, di vedere il riflesso della donna del suo quadro. Si girò di scatto e incrociò il sorriso di Vince.

«Che c'è, Patrick? Ti sei spaventato? Ho preso il pacchetto. Vi dispiace se non torno al residence con voi? Ho delle cose da sbrigare.»

«Ma no, dài che ci facciamo una passeggiata io e Patrick» disse Miguel.

«Sì certo, Vince. Tranquillo, fa' le tue cose. Ci vediamo dopo. Andiamo, Miguel, che ne approfitto per chiederti una cosa.»

«Dimmi, di colpo ti sei impensierito, tutto bene?»

«Ti senti sempre a tuo agio nel mondo? Perché io, non so come dirti, mi sento spesso inadeguato qui, anche se la mia inquietudine fa a botte con un senso di serenità che è in me da quando sono qui e non mi abbandona.»

«Ma sì, ho capito cosa intendi. Non sempre lo sono stato. Spesso sono i corpi a captare il disagio di sentirsi fuori posto, ma l'anima sta sempre a suo agio, perché le nostre preoccupazioni sono date dal voler mostrare quel che si vorrebbe essere, dal voler sembrare diversi da quel che si è. Questo lei lo sa e a volte ride di noi. Da lei dovremmo imparare a non vergognarci di essere semplicemente fragili. Pensa alla sicurezza che hai nel momento in cui sai di non essere visto e a quella che perdi quando capisci che qualcuno ti osserva. Sono sempre le solite stramaledette aspettative. Te ne liberi solo quando trovi quel che volevi.»

«E tu hai trovato quel che stavi cercando?»

«Penso di sì, e tu? Pensi di aver trovato quel che stavi cercando?»

«Non ancora, però ho trovato quel che pensavo di avere perso, quel desiderio infaticabile di continuare a cercare. Quel desiderio che non si arrende, quel continuare a cercare lei.»

«E allora sei già a buon punto. Comunque, credo di poterti dare un indizio, non chiedermi niente ma ho una specie di sesto senso. Domenica verranno dei clienti importanti e ci sarà molta gente del posto ad aiutarmi per questa cena. Ogni anno, all'apertura della stagione estiva, organizzo un ricevimento e invito anche tutti i clienti con cui sono rimasto in contatto nel tempo. Vieni anche tu, infiltrati fra gli ospiti come se fossi uno di famiglia. Magari, chissà, qualcosa scorgerai. Buonanotte, Patrick.»

8
FRAGRANZA CONDIVISA

La domenica successiva prese dall'armadio il suo sorriso migliore per sentirsi all'altezza di questo qualcosa di inaspettato e di disperatamente atteso.

Si fermò a parlare con Vince, mentre farciva delle tartine di baccalà, e si offrì di aiutare per servire il buffet.

«Allora, Patrick, devi prima spalmare la crema di baccalà e poi mettere sopra il pomodorino intero, va bene?»

«Perfetto.»

Patrick iniziò a preparare le tartine, poi stufo della situazione ripetitiva chiese a Miguel se poteva improvvisare qualcosa in cucina.

«Cosa vorresti preparare?»

«Vorrei della robiola, dell'anguria e dei lamponi: mentre aiutavo Vince mi è venuta un'idea.»

«C'è tutto, vai in cucina e prendi quel che vuoi.»

Patrick preparò dei cubetti di robiola, lo stesso fece con l'anguria, togliendo accuratamente tutti i semini, lavò i lamponi e li mise in una piccola terrina. Sistemò il tutto su un tavolino posizionato fra l'area interna ed esterna del salone della residenza. Iniziò a infilare in uno stuzzicadenti il pezzetto d'anguria, di robiola e il lampone. Le persone curiose si avvicinarono e lui servì a tutti la sua specialità.

D'improvviso, alzando lo sguardo, vide il volto di una donna, l'inaspettato che aspettava prese forma e contorni.

La donna lo fissò, si guardarono negli occhi a lungo, immobili a un metro di distanza, forse a due. Lei era bella di quell'autentica bellezza che sa ancora riservarti una sorpresa, quella bellezza che è davvero tale perché non sa di esserlo. Selvatica, come gli spiriti indomabili con cui puoi attraversare l'anima del mondo ma che non puoi afferrare mai. Onesta, con la sensibilità segreta dei fiori, e buffa, con le sue stranezze perfette che sanno ispirare sorrisi precisi di benedizione inaspettata. Fresca, come le ore del giorno, e tenera, come la notte, piena come la luna a cascarti fra le braccia, come un pensiero improvviso mentre stai facendo altro. Ed è in tutti quei momenti che puoi intuire cosa sia una mina per la mente, in grado di far saltare in aria i tuoi piani di felicità altrove. I momenti in cui ti accorgi che a tutto il resto potresti rinunciare, mentre lei la vorresti sempre con te, che saresti pronto a farti un po' addomesticare, magari non troppo ma abbastanza da capire finalmente che, se hai paura di amare qualcuno, è proprio con quel qualcuno che devi stare. Impossibile catturare le sfumature esterne quando la musica smette di colpo di suonare, la gente tutt'intorno non esiste più, il paesaggio del mondo è iridescente. Qualcuno non ci crede, che il mondo possa fermarsi, e invece il mondo, l'amore, sa fermarlo veramente. Si avvicinò con in mano il suo prezioso aperitivo e di fronte, stavolta a pochi centimetri da lei, esclamò: «L'anguria deve avere un forte potere d'attrazione». Poi sorrise.

La donna restò muta, fra incredulità, spavento, contentezza e confusione, e Patrick non seppe decifrare bene la ragione dello sguardo che gli rivolse.

«Mi perdoni, non desidero importunarla ma voglio essere diretto: l'ho vista in aeroporto il giorno in cui sono arrivato qui, da Roma. Ho bisogno di dipingerla.

Molto tempo fa iniziai un quadro che non ho mai portato a termine, anzi, a dire il vero non lo so, non lo ricordo più. So soltanto che io stavo dipingendo lei senza conoscerla. Glielo giuro, lo so che può sembrare una sciocchezza, una ridicola tattica per avvicinarla ma non è così, le assicuro che sono arrivato in questo posto solo per dipingere lei e per nessun'altra ragione. La prego, non mi dica di no, si lasci dipingere.»

«Le credo, però ci devo riflettere, risponderò a fine serata. Mi chiamo Raquel, dammi del tu, il lei m'invecchia la pelle.»

«Piacere Raquel, sono Patrick. Le belle anime si danno del tu, hai ragione, pensa che me lo ha detto anche il proprietario di questo posto. Assaggia questo.» Le porse il suo spiedino servendole un bicchiere di Soave e sorridendole aggiunse: «Mai nome di un vino fu più appropriato per questo momento».

Raquel bevve un sorso di vino. «Ora scusami, vado a salutare delle persone...»

Si allontanò, e Patrick non smise di fissarla nemmeno per un attimo.

Lei si mise a parlare con alcuni ospiti, lui la seguì con gli occhi in ogni suo spostamento, fin quando lei non si fermò dinanzi a una vetrata aperta che dava su una terrazza, in cui dei piccoli tavolini in ferro battuto erano disposti su un pavimento di mattoncini bianchi e circondati da un fitto praticello che gli sembrò più verde che mai, nonostante la lontananza visiva.

Sembrava quasi volesse scappare dalla confusione. Si sedette, accavallò le gambe, stretta nel vestito, e cercò nel pacchetto vuoto una sigaretta. Lo accartocciò e lo appoggiò delicatamente sul tavolino. Si può dunque, improvvisamente, avere un corpo di pietra, immobile, non capace di fare più nessun passo, nessun movimento, e al contempo avere dentro un fermento, un turbamento in grado di dare il via a una corsa di cavalli indomabili al galoppo?

Patrick si precipitò da lei e le porse il suo pacchetto di sigarette.

«Prendi!» le disse.

Raquel profumava di mare, e a ogni movimento il suo odore dominava persino la pioggia sul prato. A Patrick sembrò che lei avesse il suo stesso profumo, ma non osò chiedere quale fosse. Non voleva apparire ai suoi occhi come il classico uomo che ci prova usando le scuse più banali.

«Ma è l'ultima» rispose, fissandolo negli occhi.

«Sei così bella e così sola, con tutta questa gente intorno, che tutta questa solitudine brilla ancor di più. Perché tu sei qualcosa di diverso dal resto. E per qualcosa di diverso dal resto si offre l'ultima Marlboro e l'ultimo respiro. E dimmi se anche tu non vorresti questo. Avere un posto nella vita di qualcuno dove sei imbattibile.»

«Lo avrei voluto, o meglio, ho creduto di esserlo: imbattibile. Non è stato così. Le delusioni sono all'ordine del giorno, non trovi? Comunque i complimenti mi imbarazzano, o forse non ci credo più.»

«Io dico sul serio.»

Raquel continuò a fissarlo negli occhi, poi schiuse le labbra, le morse quasi nervosamente e rispose: «Va bene per il quadro, sentiamoci domattina così ci mettiamo d'accordo per l'orario. Faccio la fotografa e in questo periodo sto lavorando a due shooting fotografici».

Si allontanò da lui e Patrick non poté fare a meno di fissarla fino a quando non rimase altro che quella nota comune di fragranza condivisa.

La mattina seguente le mandò un sms con le indicazioni. Così Raquel si presentò nello studio preso in affitto da Patrick per dipingerla, un quadrato perfetto con delle enormi vetrate da cui filtrava una luce abbagliante. Piegò il ginocchio lievemente, la porta era socchiusa, quindi non suonò, sbirciò per un secondo l'ambiente e l'occhio le andò su una lampada di carta accanto a un vecchio grammofono a manovella che suonava *Fly Me to the Moon*, ricordandosi così di un vecchio libro che aveva letto sullo strano percorso dei sogni. L'estate era splendida e viva e le parve di poterla respirare, che quasi profumasse mentre le volteggiava dentro, mista a imbarazzo, eccitazione e curiosità. All'esterno c'era un giardino con gli oleandri in fiore e dentro di lei la sensazione che a tratti il tempo fosse capace di fermarsi a comando per regalarle, anche se per poco, dei provvidenziali attimi di pace.

«E perché hai deciso di dipingermi, perché proprio me?»

«Te l'ho detto, è te che stavo cercando.»

«Sì, ma... il motivo?»

«Ti basti sapere che ogni cosa che resiste non ha spiegazione, se proviamo a dargliene troppa cessa di esistere.»

Raquel si accomodò su una piccola sedia di legno, pitturata di giallo. Spostò appena il viso, con la mano si sistemò i capelli accavallando le gambe e fissando il grammofono mentre il disco continuava a girare.

Patrick la guardava così intensamente che la mano sui capelli, sembrò stranamente andare al rallentatore, e seguì gli infinitesimali sussulti di uno spostamento. Gli parve che quello stesso spostamento bastasse a tutti gli infiniti. Era certo che dall'espirare un solo soffio d'aria trattenuta per la meraviglia potevano nascere percezioni impercettibili ma precise, e persino la sua anima, incontentabile ed esigente, prese improvvisamente consapevolezza che l'amore non si esige e che avere Raquel avrebbe soddisfatto uno stato di grazia così solenne e perpetua in grado di sovrastare persino la sua idea di felicità. Era lì, cercava di restare immobile, quasi disturbato dal linguaggio del suo corpo che sfuggiva al suo controllo. Era assai più eloquente di tutte le parole, uno scandalo rivelato nel silenzio, un desiderio indecente e segreto profanato dalla profonda sensazione di mostrarsi trasparente, di lasciare che lei contemplasse le proporzioni del suo sentimento.

D'improvviso un flash nella mente gli rimandò l'immagine di una piccola piazza di pietra in cui Raquel ridendo gli si appoggiava addosso, dopo essersi incastrata un tacco nei sampietrini di Roma, e avvertì, come fosse una voce nell'aria, la sua profonda e delicata risata. L'attimo passò, intriso di un lieve turbamento, ma Patrick si riprese subito e d'istinto le disse: «Scopri che una donna è unica quando è quella con cui filtri la bellezza delle cose che guardi. Unica, perché se te ne scordassi, sarebbe come uscire e accorgerti di aver dimenticato a casa la tua vita. Unica, perché nel tempo inesorabilmente stronzo che tutto lascia andare, ti farà sentire addosso il sacrosanto diritto di chiamare tutte le cose incantate col suo nome».

Raquel lo fissò negli occhi e iniziò a ridere con quella stessa risata che Patrick conservava nella mente.

Esistono abitudini che non vorremmo perdere mai, che ci accompagnano per sempre da qualsiasi punto scegliamo di guardare il mondo. Si dice che le abitudini siano la fine per un amore. E invece ci sono abitudini buone, necessarie, quelle che servono a farci rimanere accanto a qualcuno senza stancarci. I sorrisi sono questo. Non ci stanchiamo mai di veder nascere sorrisi sul viso di chi amiamo, sono sempre una conquista. Sembrano sempre nuovi e danno sicurezza. Ci rivelano che una persona sta bene con noi, diventano quasi un nuovo senso di vita. Faremmo di tutto per procurarne ancora, a una persona e ai nostri occhi.

«Sei bellissima. Ti piace qui?»

«Grazie, è tutto perfetto.»

«Cos'hai? Sei nervosa?»

«No, è che a volte le persone ci sembra di conoscerle in parte, di averle già incontrate, magari in un'altra vita ormai dimenticata.»

«Se ti avessi già incontrata non avrei potuto dimenticarti!»

«Chi lo sa...» sospirò Raquel.

Dev'esserci una possibile intesa fra due anime, un'alchimia primordiale, e così pensò che lei fosse il suo fiore vivente, il suo portafortuna segreto, il florilegio dei profumi e degli aromi che nella vita aveva sempre respirato, denso di quel benessere che quando c'è non si sa da dove proviene, perché quando si sta bene non ci si chiede più niente, se ne gode, semplicemente. Quel sortilegio floreale capace di fiutare l'essenza al di là della materia che si decompone, quell'impasto di magia.

Pensò che ci fosse una sostanza nei suoi occhi, una soluzione misteriosa, una pozione liquida e miracolosa a renderli lucidi, una sostanza senza niente di artificiale che li trasformava nei più belli in assoluto. Come vivere sempre in un costante stato di "allergia emozionale", senza timore della terra e del vento, dei pollini, della primavera. Un'allergia simile a una piccola follia che gli faceva ripetere il suo nome fino allo sfinimento, come una trottola fantastica che gira su se stessa con la punta morbida sul cuore, sull'estensione di tutte le altre parole annullandole, risucchiandole in modo tale da raggiungere l'anima, una conferma di pace. Raquel era alta, elegante pur senza essere appariscente, aveva lunghi capelli castani che sembravano avvolgerla in una danza, gli spigoli dei gomiti pronunciati, e di profilo il suo naso, lievemente irregolare, era perfettamente intonato con il suo fascino senza tempo. Una donna d'altri mondi, probabilmente.

Patrick d'improvviso notò che avevano al polso un bracciale uguale, anche se di colore diverso. Un bracciale fatto di piccole pietre naturali, tonde, tenute assieme da un filo di cuoio. Si sorprese di questa coincidenza e tutt'a un tratto gli tornò in mente l'esatto momento in cui l'aveva acquistato. Il bracciale era un amuleto tibetano, significava protezione e rappresentava l'origine e la causa di tutte le cose. Pensò di dipingerlo sul polso di Raquel ma poi d'improvviso si avvicinò e tentò di baciarla. Lei imbarazzata si alzò dalla sedia e fece per andarsene.

«Aspetta, scusami, non so cosa mi sia successo, ho una strana confusione in testa, fai finta che io non abbia fatto nulla. Siediti, ti prego, voglio solo dipingerti, prometto che oltre alla musica non sentirai altro per tutto il tempo.»

Così, nei giorni a seguire, Patrick passò il suo tempo attendendo l'orario dell'appuntamento e tentando di tenere a freno questo suo sentimento crescente.

Istintivamente le raccontò di sé, di quando spesso d'inverno camminava fra la folla per il centro di Roma e c'era così tanta gente e così tanto freddo che il respiro diventava fumo, tanto da confondersi con la sua sigaretta accesa in mezzo a mille luci.

«Tutte le persone sembravano nessuno rispetto al pensiero di lei, mi affollava il raggio della mente. Provavo a scacciarlo, a renderlo evanescente, ma puntualmente tornava presente. Si mescolava all'essenza delle cose come una spirale magnetica. Dentro ogni vetrina vede-

vo il suo sguardo incancellabile, diretto, perfetto, indelebile come uno schizzo di mondo nelle pupille. L'aria
era densa del profumo delle caldarroste, Roma era colorata da tutti quei cartocci gialli in giro per le mani, le
strade affollate dai regali di Natale e dentro di me la sua
presenza effimera e un'assenza dilagante.

Allora scappavo da quella confusione e mi rifugiavo
in via Margutta, una via tanto diversa da tutte le altre,
una via dove l'arte e l'amore si fondono in una perfetta
simbiosi. Entravo a sbirciare l'Hotel Art, il mio albergo
preferito. Sorge su un'antica chiesa sconsacrata, è una fusione perfetta di sacro e profano. Pensa che dove c'è il bar
è rimasto ancora il vecchio tabernacolo con dentro delle candele. All'entrata ci sono due grandi uova che ospi-
tano la reception e, anche se al primo impatto possono
sembrare futuriste, affondano le loro radici nella tradi-
zione rinascimentale che vedeva nell'uovo un simbolo
di perfezione. Eppure non c'era verso di liberarmi della mia inquietudine, qualsiasi cosa guardassi niente mi
salvava da quel tormento. Perché le cose finiscono ovunque là fuori ma non sempre dentro di noi. E fin quando
non finiscono dentro di noi vivono ancora.»

«Eri molto innamorato di questa donna?»

«Moltissimo, anche se non so dirti in verità come mai
la nostra storia sia finita. Io ricordo solo che è sparita dal
mio quadro e che assomigliava a te, incredibilmente.»

«Come può una vera presenza, una donna davvero esistente, andarsene da un quadro che hai dipinto tu? Pensi che, dipingendo me, lei potrà tornare?»

«Mi fai domande a cui non so rispondere.»

«Forse lei si è sentita intrappolata nel tuo quadro, per
questo è fuggita via, non ci hai mai pensato?»

«Se imparassimo a precedere anche di un attimo soltanto il rimpianto, impareremmo a ridere sul latte versato fino alle lacrime. Un attimo prima di perdersi, un impercettibile infinitesimale attimo prima della rottura definitiva, una scintilla. Prima di accorgerci dell'importanza di qualcuno quando ormai siamo immobili, prima di sprecare lacrime e gesti inutili. Non accade. Ci imbottiamo l'anima di "se" post-operatori invece di tirare fuori dal cuore quel proiettile prima che disintegri l'ultima occasione per essere migliori.»

«Cos'è, un avvertimento?»

«No, la solita vecchia storia che tutti negano ma è più evidente di ogni verità. Non sai mai di cosa puoi fare veramente a meno fino a quando quella cosa non la perdi.»

«Già! Capire l'importanza di qualcuno quando non c'è più è la cosa più scontata che esista a questo mondo, proprio come una brutta abitudine che continua a rovinarti l'anima.»

«Eppure noi esseri umani siamo un po' tutti così, non trovi? Buoni consigli e cattivi esempi e la storia, gira che ti rigira, si ripete sempre uguale, monotona, no? Mai qualcuno che resti insieme senza dare l'altro per scontato. Ogni storia ha tre luci. La prima, abbagliante, copre persino i difetti; la seconda, bianca ma pallida, ogni tanto la vedi ogni tanto no; la terza è fioca, flebile, poi d'improvviso si fulmina. Siamo tutti il palloncino gonfio d'amore sfuggito dalle mani di qualcuno.»

«Ora è tardi, sono stanca, ci vediamo domani.»

9

DENTRO LE IMMAGINI

Da quando aveva incontrato Raquel, Patrick non aveva fatto altro che dipingerla, con amore e ossessione, tralasciando ogni altra cosa, qualsiasi distrazione. Ma quella mattina rivide Vince e fece colazione con lui nella terrazza di un hotel che affacciava su piazza San Marco.

Che te ne fai di certi posti se non puoi guardarli con gli occhi di chi ami? pensò, poi di colpo chiese a Vince: «C'è una mostra di Escher qui a Venezia, ti va di accompagnarmi?».

«Escher? Chi è?»

«È stato un incisore e grafico olandese. Dài, ti faccio vedere qualcosa sul computer. La prima volta che ti ho osservato disegnavi dei cuori incompleti. Per questo ho pensato che potrebbe piacerti.»

«Cos'è?»

«È una litografia, si chiama *La cascata*. Escher si è ispirato al triangolo di Penrose nel disegno. Il triangolo è questo, guarda. Prova a seguirne il contorno con il dito, dài, prova!»

Vince tentò di seguire il triangolo.

«Ma è impossibile, non riesco a completare il triangolo con il dito.»

«Visto? È possibile disegnarlo ma impossibile riprodurlo nella realtà. Geniale, non credi?»

«Insomma, hai la passione per le cose impossibili. Dipingere la scena successiva a un quadro, costruire nello spazio, che è tridimensionale, un triangolo che ha solo due dimensioni, dunque senza prospettiva. Vedi sempre meglio ciò che non hai, ciò che non si può. Dici di voler completare le tue opere, ma con la scusa che c'è sempre una scena successiva non le completi mai. Chissà perché si ricorda sempre con più pathos una donna non vissuta che una donna con cui si è vissuta e conclusa una vita per rinascere in un'altra.»

«E questo me lo dici proprio tu che non finisci di disegnare i cuori?»

«Tutto quel che è stato completato è finito, e l'uomo per sua natura ha l'istinto di scoprire cose nuove, ma sono proprio le cose in sospeso a poter restare appese senza darti tregua fino all'ultimo istante. Si può avere dentro lo stesso rimpianto per qualcosa di mai iniziato come per qualcosa di ormai finito. Ci sono storie che abbiamo amato di amore infinito ma che in realtà non sono mai iniziate, ed è per questo che mai finiranno. Di quello che non è mai accaduto non ce ne scorderemo mai.»

«È vero. Ma è anche vero che ci piace perdere per poi riavere, così affermando fortemente un dolore riemerge istintivamente la forza brutale del valore di un sentimento duro a morire ma pur sempre instabile. D'altronde ogni cosa può esserci portata via in un istante, bisogna morderla dolcemente e amaramente perderla. Così è la vita! Non ci capita mai di volere quel che si può, il solo fatto che si può ne annienta il senso. È un teorema perfettamente matematico che non si risolve con facilità. Si entra in un vortice, e un vortice non è mai qualcosa di positivo perché, più cerchi di controllarlo e di uscire verso te stesso, più ti risucchia nel suo nucleo emotivo, e ti ritrovi sempre al punto di partenza o sempre con lo stesso crudele finale.»

Patrick e Vince entrarono alla mostra nel Palazzo Ducale.

Vince restò immediatamente colpito da un quadro nel quale un insieme di giochi di luce e ombra tramuta i pesci nell'acqua in uccelli nel cielo.

«Si chiama *Cielo e Acqua*, bello vero?»

«Bellissimo. Tutto si trasforma e ciò che sembra essere in un modo spesso non è. Mi fa pensare che dai piccoli particolari si svelano le persone. Se le storie potessero iniziare dalla fine ci risparmieremmo tantissime delusioni. Perché quando non si ha più interesse a mostrarsi migliori di quel che si è, si rivela davvero la propria natura. Quella nascosta nei dettagli.»

«A volte si percepisce più ciò che non esiste, o che avrebbe potuto essere, piuttosto di quel che è. Forse poteva andare un po' meglio di così, ci ripetiamo spesso. Poi ci inventiamo sempre una ragione per scappare o una ragione per non andare mai via.»

«È vero. C'è chi si inventa sempre una ragione per poter scappare o una ragione per non andare mai via. Chi finge di non dormire mai ma fa sonni profondi. Se metterai da parte queste tue strane amnesie, potrai rinconfermare la tua scelta.»

«Che scelta, Vince?»

Vince fissò per un attimo Patrick negli occhi e rispose alla domanda con un altro interrogativo.

«Ti racconto qualcosa di me, vuoi?»

«Sì, certo.»

«La donna con cui stavo ha perso in un incidente stradale la sua migliore amica. Lei si è salvata ma è rimasta sotto shock. Non si è fatta più trovare e non ne ho più saputo niente. È successo un po' di tempo fa.

Non mi piace, sai, Patrick, sputare sentenze. Però è semplice rendere perfetta un'idea d'amore se piuttosto che difenderla la metti da parte e poi quando la perdi la rivuoi. Una cosa mi piace di questo tuo Escher. Mi piace il fatto che in questa *Cascata* si mescolino discese che sembrano salite e salite che sembrano discese. Il nostro vivere è un insieme di situazioni spesso paradossali e non chiare neppure a noi stessi, e il contrario di ciò che per noi è giusto può essere benissimo giusto altrettanto.»

«Se il percorso qualitativo della nostra vita fosse stato davvero perfettamente funzionale, senza incertezze, conflitti, paradossi, tormenti, probabilmente molte forme d'arte non esisterebbero.»

«Allora ti dico: applica Escher e le sue percezioni alla tua vita di ogni giorno. Capovolgi la tua visuale e butta fuori la mente da dentro. Portala con te in giro per le strade a respirare l'aria che vorrebbe e falle dire cosa vuole davvero, fino a sentire se l'eco è ancora fedele a quella scelta. Se non lo sa non lo troverà. Non renderti peggiore, quel che non ti peggiora non ha la possibilità di nuocere alla tua anima. Accetta che la vita scorra così veloce da sembrarti lenta, che le cose abbiano un ciclo vitale che può rigenerarsi o terminare ma che nulla è stato vano e che, se pure tutto cambia, nulla spezza il ciclo degli eventi. Perciò, quel che sarai non è privo della natura di ciò che sei stato.»

«Lasciare andare per riavere, niente è mai statico.»

«Esattamente! I tuoi pensieri, i tuoi desideri si muovono avanti e indietro, qualcosa resta e qualcosa va. Ma tieni presente che è la tua scala di priorità a determinare la tipologia dei tuoi rapporti. Il tuo spazio interiore è direttamente proporzionale allo spazio che dai a chi accogli nella tua vita. Per cui se hai poco spazio da dedicare agli altri probabilmente stai mettendo l'amore in un tugurio emotivo. Tu sei una piccola folla che deve imparare a mettere in ordine bisogni differenti e lasciare che s'intreccino con quelli della folla di chi ti abiterà. Senza un pizzico di follia tutti questi pensieri non sapranno adattarsi alla realtà né armonizzare i tuoi soldatini interiori. Dobbiamo allontanarci serenamente da ciò che ci lascia, avvicinarci serenamente a ciò che ci trova. Chi non ha mai tempo per fermarsi a guardare l'amore ha ben poco da dire all'amore. Questo per me è applicare l'arte alla vita. E te lo dice un gondoliere, non un artista.»

Ripresero a girare per la mostra. Fu Patrick a rompere il silenzio.

«Ogni tanto mi chiedo se l'amore esiste veramente.»

«Se lo hai dentro esiste, se lo cerchi fuori non lo scorgerai. Esiste tutto ciò che crediamo ancora possibile trovare, mentre cessa di esistere tutto ciò in cui smettiamo di credere, perché con gli occhi bassi è difficile cogliere sguardi. Con gli occhi bassi e negando il sole, le belle giornate non si vedono più.»

«Hai ragione, tutto è possibile fin quando non smettiamo di crederci. Persino l'amore.»

«La nostra amicizia mi sta contaminando di curiosità. Mai avrei pensato di poter essere in grado di apprezzare una mostra d'arte, finora.»

«Anche tu e la tua gondola mi avete insegnato tanto. Percepisco quasi una nuova idea di libertà, molto diversa da quella che avevo prima. Anche se costa fatica comprenderlo... Sai cosa dissi molto tempo fa alla persona che amavo? "Non esistono scelte che non abbiano un prezzo." Si paga sempre un prezzo per le cose che contano. Se non si è disposti a pagare è meglio non toccare. Il cuore si sgualcisce facilmente. E soprattutto: "Se non sai cosa scegliere forse non è ancora il momento di scegliere, ma non scegliere me se poi continui a scegliere anche tutto il resto".»

«Però, mio caro Patrick, alcune persone non scelgono mai. A volte davvero non è il momento, ma continuando a rimandare le decisioni, continuando sulla stessa lunghezza d'onda, si va sempre più al largo, non arriva mai il momento e si finisce per affondare, perché a un tratto si è troppo distanti e non si tocca più.»

«Io preferisco distinguere un sapore piuttosto che assaggiare tutto e non gustarmi niente davvero in fondo.

Ma perché è così difficile essere attratti da chi può compensarci, invece di cadere ogni volta in rapporti rovinosi che ci feriscono?»

«Non so. So che è la vita e ci ha resi così. Con questo bagaglio emotivo pesante. Sai, c'è sempre un motivo al motivo per il quale oggi noi siamo chi siamo. Siamo tutti universi danneggiati. Da qualcosa o qualcuno siamo stati danneggiati. Dal poco amore o dalle troppe paure, forse, o da chi ci ha promesso certezze scoppiate in volo come pezzi di vetro negli occhi. Le persone più incantevoli al mondo hanno sempre un vissuto complesso. Sono spesso le più difficili da amare ma anche quelle che sanno dare di più. Le persone incantevoli hanno vinto il disincanto e per vincere il disincanto ci vuole tanto coraggio, lo stesso che serve per i sentimenti. Io lo pensai anche di Vivien quando la conobbi. Pensai che per essere così incantevole doveva aver vinto molte volte il disincanto.»

«Molti spengono ogni luce per paura che prima o poi possa fulminarsi. Si regalano una vita di buio preventivo. Voglio pensare che due universi danneggiati che si incontrano e si difendono possano mettere al mondo un nuovo universo sano e incantevole. È come se fosse più facile farsi accettare e aiutare da chi, come noi, a sua volta vuole essere accettato e ha bisogno di aiuto.»

«Non tutti desiderano essere salvati» disse Vince. «Addirittura alcuni decidono di non salvarsi, perché oltre a dire che stanno male non fanno nulla per cambiare. Inscenano solo il ruolo di vittime, commiserandosi e cullandosi nella propria instabilità emotiva.

L'interesse per una persona che amiamo è continuo, non va e viene, non oscilla in base ai vantaggi che ne derivano, è autonomo. Solamente quando le persone sono completamente indipendenti possiamo credere alla reale esistenza di un sentimento. Le convenienze e le comodità nulla c'entrano con l'amore. L'indipendenza è saper vivere bene da soli, senza il bisogno ma non senza il sogno più che lecito di qualcuno accanto. Quando si esce fuori da un dolore ci si trasforma e può accadere che la trasformazione sia in meglio o in peggio, che ci renda lucidi o sbiaditi, più consapevoli di ciò che non vogliamo più o solo più confusi e spaventati.»

«Ogni tanto mi chiedo da cosa fuggiamo continuamente...»

«Da noi stessi e dalla felicità, ed è questa la cosa più assurda!» rispose Vince. «Le persone danneggiate usano i meccanismi del cuore di quelle che hanno ancora un po' di buona sincronia nel battito, ma questo non basta a riequilibrare l'emotività. Le prime restano guaste e le seconde si ammalano. Certe personalità svuotano gli altri della loro bellezza perché non ne hanno alcuna dentro se stesse. Provano a spogliarli dei loro piccoli grandi punti fermi che nel corso degli anni sono riusciti a costruirsi con fatica, perché loro non sono riuscite a costruire nulla, non avendo avuto voglia di affrontare la fatica. Pensa a quanto si provi molto più a distruggere le case degli altri piuttosto che a edificare la propria. Solo questo dovrebbe farci comprendere che siamo alle prese con gravi insoddisfazioni irrisolte e, anziché affrontarle, le scarichiamo sugli altri.»

«Chissà... poco fa ti dicevo proprio il contrario...»

«Tutto è giusto e tutto è sbagliato, come sempre, Patrick, perché se ci pensi ogni decisione che prendiamo non è mai definitiva. La prendiamo in un momento e poi le nostre evoluzioni ci portano a rimettere ancora tutto in discussione. Quando hai amato davvero una persona come puoi essere profondamente sicuro, con certezza matematica, che non l'ami davvero più? Certe radici non si atrofizzano mai del tutto, restano dentro di te. Quando hai detto no a qualcuno perché non ti sembrava il momento giusto per una nuova storia, come puoi essere sicuro che non arriverà un momento particolare che ti ributterà tutto addosso, d'improvviso? Un momento in cui prenderai la consapevolezza di aver sprecato una grande occasione?»

Patrick diede un'occhiata fugace a un'altra serie di litografie, poi si soffermò su *Vincolo d'unione*.

«Escher voleva imprigionare l'infinito in una composizione chiusa, ma in realtà noi non possiamo dominare la materia...»

«La realtà è relativa. La verità è che le cose non vanno bene solo perché tu lo vorresti. Gli incontri non sono perfetti soltanto perché te lo aspetti. Ci vogliono milioni di occasioni mancate per coglierne finalmente una. Milioni di incontri messi via, senza pathos, senza alchimia.»

«Già... ci vogliono quintali di delusioni appese al chiodo prima di sentirsi finalmente leggeri accanto a qualcuno. Ci vogliono minuti, ore, anni di tormenti in cui ogni volta starai per arrenderti.»

«Ma non lo farai.»

«Dov'è l'uscita? A me sembra che stiamo facendo sempre lo stesso giro...»

«Magari è un segno.» Vince sorrise e continuò: «Perdere l'uscita significa ritrovare l'entrata. A volte bisogna perdere di vista qualcosa per mettere a fuoco qualcos'altro, è necessario accettarlo. C'è una grande differenza fra semplicità e facilità, Patrick. Forse bisognerebbe dipingere per dipingere e basta, con la testa vuota da altri condizionamenti. Questo è semplice ma non facile, come l'amore. Amare solo per amare».

«Per me un quadro è un'evoluzione, non un prodotto, non so se riesco a spiegarti.»

«Anche l'amore è un'evoluzione, lo rendi un prodotto se vuoi imprigionarlo. Cosa guida la tua mano? La passione o la ragione?»

«Ah! Ma vuoi mettermi seriamente in difficoltà allora.»

«Io saprei rispondere alla domanda che ti ho fatto...»

«Direi che dovrebbe spingerci la passione, ma ho sempre ragionato molto per inseguire il mio ideale di perfezione. »

«Forse, per raggiungere uno stato sublime, la ragione non serve. Dovresti provare a imbrattare una tela con delle pennellate a caso. Anzi, perché limitarci... Scusami, mi allontano un secondo per fare una telefonata.»

Vince dopo due minuti tornò e disse: «Andiamo al residence? Ti leggo una cosa che ho scritto un po' di tempo fa. Scrivere mi libera, e poi ho una piccola sorpresa per te».

Patrick camminò con la curiosità a fior di pelle per tutto il tragitto del ritorno.

Entrati nel residence, Vince condusse Patrick in una stanza completamente rivestita da carta da parati bianca. Per terra vi erano dei secchi di vernice e pennelli di ogni dimensione.

«Non ci credo. Tutto questo per me?»

«Tutto questo per liberare la tua creatività. Io credo che l'arte sia una rappresentazione della vita. Alla fine un dipinto non è altro che questo, ma chi l'ha detto che debba essere sempre perfetto? Facciamo diventare queste pareti vuote un'occasione.»

«Un po' come regalare a questa stanza un'anima...»

«Venezia è la città del tempo sospeso, eppure la vita è un ciclo infinito.»

Spinto da un impulso nuovo, Patrick iniziò a pitturare le pareti, inizialmente con i pennelli e poi, con la collaborazione di Vince, cominciò a tirare delle secchiate di colore ovunque. Più che un dipinto divenne una battaglia di colori. Si percepiva in maniera lampante una vena d'eccentricità. Tutte quelle forme indefinite alle pareti sembravano quasi non avere senso e invece avevano in comune un punto ideale. A volte è nel restituirci il nulla che ci diciamo tutto.

I due amici, sfiniti e sudati, si sdraiarono sul pavimento. Patrick non ricordava di aver mai provato un senso di liberazione così totalizzante.

Improvvisamente divenne consapevole del fatto che esisteva qualcosa di più dentro di sé e si sarebbe manifestato all'occorrenza. Bastava saper aspettare, non avere fretta né timore.

Vince gli disse: «E poi ogni tanto, come d'incanto, ti stanchi di essere troppo felice da solo. A occupare tutti i tuoi spazi ci riesci bene da sempre. Vuoi fare spazio a qualcuno, uno spazio dentro che forse nemmeno decidi di dare. Qualcuno arriva, se lo prende e tu d'improvviso hai vita per due».

«"Vita per due" è bellissimo. Ne ho avuta quasi una visione precisa davanti. Sai cos'è, le cose non si rincorrono e forse nemmeno si aspettano troppo. Arrivano probabilmente quando ti fermi o ti stanchi di aspettare sempre quello che non c'è. Quando quasi non ci credi più. Tu non ci credi ma in fondo non è mai vero. Lo dici per imbrogliare e arrivano due occhi che imbrogliano te. A fin di bene, finalmente. Ma quella cosa che volevi leggermi?»

«Lo faccio subito, non me ne sono scordato...»

Ci sono quelle notti che ti sdrai sul letto, con la musica accesa. Quelle notti in cui fuori è piovuto e dalla finestra entra odore di fresco, quasi di bucato. Quelle notti in cui soprattutto ti circola un vento intorno, un vento che ti danza accanto, poi ti accarezza, si posa ad ascoltarti. Ci sono quelle notti in cui parlo in silenzio con questo vento. Arriva di notte soltanto così. O forse il giorno la fretta non ce lo fa godere abbastanza. Forse occorre riposare per capire. Potessi tornare dieci anni indietro, penso, mi innamorerei ancora, finalmente. Perché chissà se c'è un'età perfetta per innamorarsi e sapersi fermare. Ogni volta guardandomi intorno ho pensato che forse avrei potuto avere di più. Che poi accontentarsi o essere contenti non sono proprio la stessa cosa. Però vogliamo sempre di più, qualcosa di più. Non ho mai voluto consigli, non ho mai sentito il diritto di darne. Siamo bravi a sbagliare da noi e andremo fieri per sempre di questo. Però vorrei dirti di fare attenzione. Perché ci sono milioni di sogni nella testa e una smania di realizzarli tutti che a volte porta lontano dal necessario. All'inizio volterai strada, una, due,

diecimila volte e ancora e ancora avrai voglia di camminare. A un certo punto avrai bisogno di riposare un po'.
Di farti accarezzare da questo vento, sì, proprio il vento di stanotte. Ti ricorderai che ogni partenza è perfetta
ma ogni ritorno ti fa stare bene solo se hai qualcuno che
ti aspetta. Altrimenti tornerà a prenderti un vuoto dentro, sarà sempre puntuale, ingestibile, feroce. Avrai sacri-
ficato così tanti rapporti per la frenesia di stringere tutto fra le mani. Questo vento torna per dirti che andare è
emozione, le emozioni sono incredibili momenti, ma capire quando fermarsi è un vero talento, ed è questo che
crea i sentimenti.

«"Ti ricorderai che ogni partenza è perfetta ma ogni ritorno ti fa stare bene solo se hai qualcuno che ti aspetta. Capire quando fermarsi è un vero talento..." Sembra
scritta per me, è strano sentirmi colpito, come se le parole diventassero piccole lame, da te che vai sempre via,
un attimo prima della fine.»

«È una cosa che ho scritto per me. Se si sta troppo at-
tenti a schivare i colpi non s'impara ad abbracciare. Noi
però non ci siamo incontrati per rinfacciarci le nostre vere
o presunte stranezze, non credi? Ogni incontro positivo
è un aiuto. Siamo molto più simili di quanto tu immagini. Sai, se i pensieri, anziché arrecare giudizi, conduces-
sero dov'è possibile riparare ai nostri guasti interiori, le
nostre vite sarebbero meno rigide.

Andarsene è comunque chiudere, non chiudere è af-
fannarsi a dipingere qualcosa di completo, di ormai ter-
minato, illudendosi di poterlo rendere migliore a ogni
costo. Non si migliora una fine, si colora un inizio ma
per colorare un nuovo inizio è necessario accettare che
arrivi una fine. Vivere in attesa è il capo estremo del filo
che ci lega al passato. Le due estremità sono i nascon-

digli dove mente e cuore si rifugiano per non incontrarsi nel presente. Così incontri una persona bellissima che potrebbe incarnare alla perfezione i desideri che hai sempre contemplato dentro di te. Però fai resistenza e sei quasi tentato di chiudere tutto un attimo prima. Un attimo prima, per non lasciarti mai sorprendere dall'attimo perfetto. Questa è la nostra continua lotta con le conseguenze, terribili, devastanti, rovinose conseguenze. Perché se è pur vero che essere felici è un vizio che ci regaliamo attraverso le nostre scelte, non abbiamo noi l'ultima parola su una seconda felicità che ci viene data in dono da un altro essere. Quindi tu sei sempre vissuto un po' nel futuro e io, per non farmi distruggere da qualcosa di uguale al passato, me ne vado sempre prima. Questione di attimi. Diversi, Patrick? A me sembra proprio di no.»

«*Touché*. Mi hai reso felice come un bambino oggi. Non volevo rinfacciarti nulla. Mi sto rendendo sempre più conto di quali siano le mie contraddizioni.»

10

SORPRESE DI MEMORIA

Nel dipingere Raquel giorno dopo giorno, ogni particolare, ogni frammento del suo viso veniva studiato da Patrick con una meticolosità, una pazienza, un'attenzione incredibili. Forse Vince aveva ragione. Le aspettative del domani o i ricordi non ti fanno mai vivere nell'oggi. Forse perdere la memoria aveva neutralizzato questa condizione di disagio. La condizione dell'attesa molti la chiamano speranza, ma in verità la speranza è un'altra cosa. La speranza si costruisce già con il presente: era un po' ciò che lo spingeva a ricercare l'amore di Raquel. Erano anche andati a cena insieme un paio di volte. Lui le diceva che aveva voglia di vederla anche fuori dalle solite pose studiate, per carpire nuovi indizi, nuove trasformazioni che potessero portare a delineare, con la sua abituale ricerca della perfezione, tutto l'insieme e renderlo finalmente finito. Finito per non essere più ripreso. Per una volta almeno, un'opera da appendere alla parete guardandola con il senso del compiuto.

Aveva cucinato per lei, le aveva portato piante per il suo giardino. Dei bulbi di giacinti, con accanto il loro dipinto su cartoncino, e tantissimi girasoli da riempire la casa di giallo, così tanti da insistere sul concetto preso e ripreso che l'immensità di un sentimento avesse quel colore. Si corre il rischio di sbagliare sempre con una persona. Ogni istante, ogni momento, il non sentirsi perfetti fa risaltare il nostro senso d'inadeguatezza. Senza dare spazio alle sfumature ci sforziamo a ribadire che non cambieremo perché non è giusto, perché l'altro ci deve accettare per quel che siamo; al contempo vorremmo cambiare per trasformarci in un amore ideale. Questo è un conflitto che non ci abbandona mai.

Patrick aveva preso coraggio nel decidere di organizzare per Raquel una cena a casa di lei. Improvvisare, anche soltanto in cucina, era così lontano dalla sua razionale pianificazione. Non riusciva a scegliere le parole come sapeva e riusciva a fare con i pennelli. Ma allora, si domandava, quand'è che una storia può dirsi giusta? Giusta, sì, con quel senso di benessere che ci rende giustizia. Con quel senso di benessere che ci lascia un valore di pace assoluta: la spontaneità. Arrivare a essere se stessi nella più completa scioltezza, senza apparire sciocchi né esageratamente seriosi, senza dover inventare per compiacere ma piacendo con sincerità. Ma poi non esistono persone giuste o sbagliate. Esiste chi ti arriva in mente nei momenti più sbagliati e rimette tutto al posto giusto.

«Allora, ti è piaciuta la cena?»

«Tutto buonissimo, Patrick, sei un ottimo cuoco, potresti considerarlo nel caso ti passasse l'ispirazione per i tuoi quadri.»

«Speriamo di no, l'arte è la mia vita, perlomeno lo era prima di incontrarti.»

«Abbiamo già parlato di questo. Devi dipingermi, non amarmi. Dài, beviamoci una cosa e poi ti accompagno al residence.»

Patrick e Raquel si accomodarono su un piccolo divanetto vintage anni Sessanta e appoggiarono i bicchieri
su un tavolino rotondo e trasparente, con all'interno una
lampadina colorata intermittente. L'effetto era bellissimo,
sembrava avessero i bicchieri appoggiati sull'arcobaleno.

«Non mi sento bene...» disse Patrick.

«Forse hai mangiato troppo, oppure ritiro ciò che ho
detto, finiremo avvelenati.»

«No, no, non so, mi gira la testa, forse è solo stanchezza.»

«Non farmi spaventare, che succede?»

«Non preoccuparti, domani magari vado a farmi vedere. Volevo dirti... sai, Raquel, cosa pensai di te la prima
volta che ti ho vista? Pensai che eri bella di quell'autentica bellezza che sa ancora riservarti una sorpresa, quella bellezza che è davvero tale perché non sa di esserlo.
E mi domandai come fosse possibile che tutta la vita di
un uomo potesse restringersi a un numero minuscolo di
eventi davvero significativi e vivi, di come a volte tutta
l'umanità potesse ridursi nel cuore a una persona sola.
Eppure è così, ed è così tanto e davvero così che nel giro
di un istante ho visto abbracciata a te tutta la folle bellezza del vivere. Ti guardavo fumare, seduta a quel piccolo tavolino nero...»

Raquel abbassò lo sguardo ma Patrick si accorse che
non era timidezza, e d'improvviso la visualizzò in casa
sua, nella sua Roma lontana, poi ancora a passeggiare fra
i sospiri delle case di Trastevere, a comprendere l'esatto
istante in cui il rumore delle foglie si fa suono per amore.

Si stropicciò gli occhi quasi per svegliarsi ma continuò
a visualizzare immagini su immagini. La vide sorride-
re davanti alla basilica di Sant'Andrea a Roma a parlare
d'arte, della chiesa, del mistero per il quale in alto c'era
un solo angelo, al lato sinistro, mentre dall'altra parte

solo uno spazio lasciato vuoto. Un angelo che sembrava così triste lì da solo, senza una prospettiva comune, ed era forse per questo che la chiesa pareva quasi sbilanciata, come se cercasse di tendersi verso qualcosa, verso una compagnia negata da qualcuno che probabilmente non aveva gradito la scultura e aveva lasciato l'altro angolo volutamente incompiuto. Raquel lo prendeva in giro dicendo che a lui non sarebbe mai successo di lasciare un'opera a metà, se gli fosse stato dato il compito di dipingere due angeli simili.

La fissò così intensamente da avere un turbamento e svenne.

11

RINASCITA

Quando riaprì gli occhi la prima persona che vide fu Miguel, e capì di essere nel residence, nella sua stanza da letto.

«Ci hai fatto prendere un bello spavento, per la miseria!»

«Ma cosa mi è successo?»

«Sei svenuto. Forse il tuo quadro ti sta assorbendo troppe energie. Raquel ha avuto paura!»

«Tanta paura, stai meglio?»

«Sì, meglio.»

Raquel fece un passo indietro. «Ok, allora è meglio che vada, ti lascio riposare.»

Patrick si sollevò come per fermarla ma non ne ebbe il tempo e allora si rivolse a Miguel: «Come sono arrivato qua?».

«Mi ha chiamato Raquel, sono venuto a prenderti a casa sua.»

«E perché ha chiamato te?»

«È mia figlia.»

«Cosa? Come tua figlia?»

«Io direi di farti una bella dormita e domattina magari ne riparliamo con calma.»

Guardò la figura di Miguel appannata, sfocata, spinto

dal desiderio di chiedergli ancora qualcosa, poi si arrese, lasciandosi sopraffare dai suoi intrecci mentali, quasi affetto da una febbre di pensieri.

È così che ti accorgi di amare qualcuno? Quando le stagioni non hanno più importanza, si alternano solo su una mancanza e quando torni a casa c'è una piccola finestra da cui filtra una luce inalienabile? Ci si innamora così, nel silenzio di un attimo che non è indifferenza ma è provare a spingersi lontano per capire quanto si è vicini. La donna sparita dal suo quadro era Raquel, la donna che aveva dipinto nel suo quadro era Raquel. La donna per cui era venuto a vivere a Venezia era Raquel. La donna che amava quando era a Roma era Raquel. Raquel nel suo respiro, nella sua aria, nella sua vita, nella sua anima, nella sua imperfezione. Raquel fuori, dentro e dappertutto. Nei cuori ci cadi a tradimento. Quando te ne accorgi ci sei già dentro, è sempre troppo tardi e non sai mai perché.

Raquel glielo aveva detto un po' di tempo prima: amare è continuare a conquistare una donna dopo averle preso l'anima, volerla di più dopo averla avuta, ritrovarla senza averla perduta. Questo era il segreto: ritrovarsi senza essersi mai perduti.

Voglio innamorarmi ogni giorno. Della stessa donna ogni giorno.

Questo forse tiene in vita le cose nel tempo. Lui addirittura non si era innamorato solamente ogni giorno della stessa donna ma ogni giorno per due volte, quasi avesse provato a vivere due vite, a riconferma della medesima scelta. Vagò fra i suoi mille pensieri.

Ogni tanto ho preso un treno senza destinazione, solo per arrivare in qualche posto e poi ripartire, solo per comprendere quanto mi mancasse aspettarti, poterti solo parlare un secon-

*do, mettendo da parte ogni cosa, osservare i tuoi occhi radiosi
o solo ricevere un tuo messaggio sul telefono, con una foto magari, una foto che avevi scattato vicino all'albero di limoni che
era nel tuo giardino. Un messaggio, ad esempio come quello
che una mattina mi hai inviato e che non avevo visto subito.*

C'era scritto:

*"Questa è un po' di felicità." Tutto quel giallo e quel tuo sor-
riso, tutte queste semplici attenzioni che non sappiamo mai riconoscere in tempo. E adesso ti ho perso. Ti ho perso il giorno
in cui non ho capito l'importanza di tutto quel giallo. E noi
abbiamo diritto a qualcosa di immenso?*

*Accorgersi in tempo di amare ciò che non potrà tornare
uguale e, proprio perché non potrà tornare uguale, comprendere nel presente il suo valore assoluto. Qual è, se non questa,
la giusta formula per non uscire a pezzi e sconfitti dalla propria urgenza di felicità?*

Quando Patrick riaprì gli occhi il sole era già sorto da
un bel po'. Subito sentì il desiderio di andare da Raquel
per parlarle. Dopo una lunga frequentazione ora era tutto chiaro, ricordava ogni cosa: si era trasferito per lei, per
riconquistarla, per riaverla, si era innamorato due volte
della stessa persona, ancora una volta di lei.

Gli sembrava qualcosa di così incredibile che a stento
riusciva a crederlo possibile. Aveva lasciato tutto per lei,
aveva deciso di ricominciare da zero. Ecco perché non
aveva nulla con sé, non era mai andato a ritirare i suoi
bagagli, a riprendersi le sue cose, e non è che non avesse nulla da fare, aveva dimenticato persino i suoi impegni di lavoro, tutto era stato inglobato da lei.

Uscendo dal residence vide Miguel e gli corse incontro
istintivamente, quasi per abbracciarlo. Gli sembrava che
il loro legame si fosse consolidato, o forse voleva crede-

re che fosse così: era il padre della donna che amava. Lo guardò negli occhi, cercando di dire qualcosa ma fu bloccato dalle parole dell'altro: «Devo dirti una cosa, Patrick. Sapevo chi fossi dal primo giorno che sei arrivato, dal primo momento in cui hai messo piede nel residence. Ti ho mandato subito da Vince con Enrique, ricordi? Pensi che se non avessi saputo chi sei ti avrei affidato mio figlio? Pensi che ti avrei mandato da una persona qualunque per cercare di farti adattare qui? Vince è mio figlio maggiore. I miei tre figli hanno madri diverse ma li accomuna il mio sangue. Ti ho già raccontato la mia storia, per quanto io abbia omesso dei particolari, non per cattiveria ma anche perché tu semplicemente non ricordavi. Sapevo che sei stato la sofferenza di mia figlia quando è andata via da Roma per rifugiarsi qui. Sapevo che volevi venire a parlarle ma non certo che avevi deciso di trasferirti, facendo quel salto nel buio che è tipico di chi è capace di riscoprire in sé il suo coraggio. Sapevo persino del quadro. Ero un po' scettico, lo ammetto, ma in silenzio ti ho dato quella possibilità che spesso neghiamo agli altri per paura dei nostri stessi preconcetti. Ricordi il primo discorso che ti feci quando ci siamo conosciuti? Ti spiegai che un concetto diventa tale solo se gli diamo valore. È come un'idea. Per avere valore deve essere pensata. Se l'avessi solo lasciata fluire nella mente le avrei negato ogni possibilità di camminare a terra. Avere dei preconcetti è come crearsi delle pre-idee, quindi equivale alla facile e comoda scelta di non pensare, significa affidarsi al vuoto. Eppure quando ci si sente al centro di questa triste, sconsiderata e diffusa pratica non bisognerebbe intristirsi. La punizione peggiore per chi è così è proprio il fatto di essere così.

Questo tempo, il tempo di adesso, tu vuoi spenderlo

con Raquel? Senza pesantezza, Patrick. Dobbiamo essere in grado di dare valore a ciò che ne ha. Ricordati che niente di quel che succede è fatto per un'altra persona, quel che ci accade è fatto per noi.

Ho sempre più la sensazione che non sia la troppa sicurezza a rendere reali i sentimenti ma i dubbi, perché col dubbio si arriva a un ragionamento e a una nuova conclusione. La sicurezza iniziale è avventata, spesso sfrontata, istintiva e assurdamente bugiarda, per questo può crollare. Alcune scelte invece vanno ponderate, pensate, costruite. La sicurezza dovrebbe sempre arrivare dopo il dubbio, mai prima perché soltanto allora potrà essere vera e trasformarsi in concretezza. Per questo ti chiedo adesso: sei sicuro di amare Raquel? Perché è questo tipo di sicurezza che va oltre, che arriva, che può modificare il corso degli eventi ed edificare le basi di un amore. Se tu la possiedi lei lo avvertirà.»

«Sono senza parole, sinceramente. Non capisco perché non me l'avete detto...

Non so se essere più arrabbiato o più contento, perché finalmente riesco a spiegarmi questo legame fortissimo che ho sentito da subito con ognuno di voi.

Chissà perché, Miguel, a volte l'amore distrugge. Si fa del male proprio a chi non vorremmo...»

«L'amore è l'unica esplosione nucleare che non distrugge ma crea.

Quello che distrugge è già mutato in qualcos'altro, siamo noi che rifiutiamo di accorgercene. Una bella anima non ci fa del male. Questo non significa non ferirsi, ferirsi capita ed è inevitabile, perché siamo anime spesso inquiete e diverse e, per quanto vicini, abbiamo anche essenze che non sono completamente fuse, mantengono una personale sostanza e così dev'essere. Però l'amore può ferire ma non far del male. Sembra la stessa cosa ma non lo è. Una ferita si rimargina, il male continuo uccide. Spesso sovraccarichiamo le persone con l'idea che ci siamo fatti della loro anima, che in parte è fedele alla realtà, in parte è a nostra immagine e somiglianza. Invece amarsi è costruirsi un mondo a immagine e somiglianza di entrambi. Perdonare a noi stessi le nostre imperfezioni è perdonarle a chi abbiamo vicino. E così non serve essere uguali. Forse dobbiamo imparare a lasciarci amare, come prima cosa. Per farci amare bisogna mettere gli altri nella condizione di capire i nostri bisogni.

La perfezione non è perfetta, è solo ciò che ti sta bene addosso, che ti rimetteresti e che risceglieresti ancora. L'amore perfetto non è dove tutto va bene, è dove non manca nulla. Più la vita ci ha scavato, più abbiamo dentro dei solchi aperti. Dobbiamo essere già completi per arrivare a una completezza più profonda. Non siamo fatti per stare da soli ma nemmeno per stare con chiunque. Il vero amore è un unico incastro per un'unica forma, se non è preciso restano in circolo solo micidiali correnti d'aria umida. L'unico incastro possibile in grado di chiudere un dolore, capace di farci tornare a sentire al sicuro.»

«Io amo Raquel, non ho mai smesso, neppure quando ho provato a ricominciare la mia vita senza lei. Adesso però io non so nulla di lei. Quante persone davvero ci portiamo dentro? Nel tempo, intendo. Pochissime. Per questo sono tornato.»

«È inutile dire a qualcuno che lo ami se non glielo fai sentire davvero sulla pelle, se le parole non diventano solide come il calore di una casa in cui sempre ci si aspetta. Se non lo sai dimostrare non dire, ché si sta meglio con tutta l'anima in strada, coperti, al freddo, in attesa di qualcosa, piuttosto che nudi, distesi su una coperta, scaldati da un camino ma in una casa vuota.»

«Mi sono accorto che alla fine purtroppo qualsiasi lungo ragionamento si riduce alle solite poche parole. Se due persone non si accettano per quello che sono possono solo essere estranee, non altro. La miglior cosa che ti può capitare nella vita è d'incontrare qualcuno che conosca a memoria tutti i tuoi errori, le tue mancanze, i tuoi passi falsi, i tuoi difetti e le tue debolezze, e che tuttavia continui a pensare che tu sia completamente incredibile così.»

«Vai a cercarla, parlale, chiedi a lei ciò che vuoi sapere. Io sarò dalla tua parte ma lei è mia figlia, dovrai accettare le conseguenze del tuo passato.

Ti fermerai sempre a ripensare alle tue strade alternative, soprattutto dopo un dolore. A tutto ciò che hai abbandonato per scegliere altro, a tutto ciò che ti ha abbandonato per scegliere qualcos'altro. Avrai fino alla fine la stupida certezza che ti mancherà sempre qualcosa, tranne in rari, felici e preziosi momenti che ricorderai per sempre, quelli in cui per nessuna ragione avresti voluto essere altrove. Sai perché li ricorderai per sempre? Perché è questo l'amore. Alla fine, in mezzo a milioni di scelte e rinunce, tutto si riduce a quelle poche cose fragili ma purissime che non siamo disposti a perdere. Il resto è perso in partenza. Il resto è finito già prima di iniziare.»

Così Patrick d'un tratto comprese che tutti sapevano chi era, che tutti avevano assistito alla fuga inconsapevole dalla sua precedente realtà. Raquel, Miguel, Vince: ognuno di loro era fuggito da qualcosa, ognuno aveva ricominciato in attesa di qualcosa. E allora forse è questa l'assoluta determinazione che tiene in piedi le vite degli uomini? La certezza che è sempre comunque dentro di noi la possibilità di rinascita, che è densa, immensa, spesso scomoda ma attuabile solo se ci assumiamo la responsabilità di un reale cambiamento? Tutte le critiche feroci, che ogni giorno gli altri ci fanno e che mirano a demolire l'entusiasmo coraggioso, sono neutralizzabili interamente dagli anticorpi che ha il nostro cuore.

Lui, che non era mai stato abituato a scrivere lettere d'amore, aveva d'improvviso compreso quanto fosse liberatorio invece mettere su carta ogni impercettibile sfumatura delle proprie sensazioni, per tutte le volte che la vita non gira nella direzione del vento favorevole; per tutte le volte che è lecito finalmente non chiudersi la camicia fino all'ultimo bottone e togliersi dal collo una cravatta. Essere chi vogliamo essere, senza tutte quelle sterili preoccupazioni, gettando lontano i sensi di colpa, vincendoli e finalmente perdonarsi. E così scrisse, scrisse, scrisse ancora e pianse, pianse tutte le sciocche lacrime che gli rivestivano le pareti del corpo, non solo gli occhi.

Non chiedere attenzioni e poi dissolverti nella felicità della persona a cui le dai è il tuo strano modo di tenere. E il non chiedere a nessuno di starti vicino è il tuo silenzio parlante che tradisce il contrario. Quando non sei abituato a chiedere a nessuno di restare nella tua vita non è detto che tu non abbia una disperata voglia che qualcuno ci resti. È che forse hai imparato a tue spese che non serve chiedere di rimanere. Chi vuole restare c'è già ancor prima che tu lo trovi e resta senza che glielo chiedi. Sarà per questo che non hai mai imparato a pregare ma hai imparato a ringraziare per il tempo e per l'amore, per chi capisce chi sei, per chi distingue i complimenti dal vero e unico interesse, per quei viaggi che fai senza muoverti e ti ritrovi comunque con chi vuoi.

Gli sembrò che le pareti diroccate d'improvviso si risanassero e si ricordò di una notte in cui guidava con Raquel accanto e lei gli aveva domandato di cambiare strada per portarla al mare. Lui aveva risposto che non c'era tempo, che non era possibile, che gli impegni degli adulti non permettono più di fare certe follie. Lei aveva abbassato la testa e girato il volto verso il finestrino. Lui, in quel momento, percepì tutta insieme la tristezza che Raquel aveva provato quella notte. Ricordò addirittura la musica che aveva in auto, un cd degli Hurts. Lo aveva comprato perché lei aveva letto su un giornale l'intervista di uno scrittore che diceva di averlo donato al suo più grande amore di allora, a Natale, e lo avevano ascoltato insieme su Skype, scartando i regali a chilometri di distanza, visto che non potevano essere insieme. Raquel gli aveva chiesto di regalarglielo e lui lo aveva comprato, di fretta in un autogrill, insieme a riviste d'automobili, patatine, dentifricio al posto di quello dimenticato a casa e fazzoletti per pulirsi le mani dopo aver messo benzina. Si chiamava *Happiness*. Eppure in quel momento, in auto, era corso nella carreggiata opposta alla felicità: alla sua e a quella di Raquel.

Patrick mise insieme un insieme di risposte mai date, schiantate sugli effettivi desideri di Raquel. Allo stesso tempo voleva che lei capisse che lui non stava fingendo di non ricordare, né di essere diverso adesso da ciò che era stato, ma che è possibile scoprirsi diversi, che è possibile crescere e non solo d'età ma soprattutto di delicatezza.

12

RIVELAZIONI

Patrick raccolse tutta la sua frenesia e la voglia di parlare con Raquel, ma non ebbe bisogno di andare molto lontano. Uscendo nel giardino la vide con la sua sigaretta tra le dita, era seduta al sole, al solito tavolino nero della prima volta. Lo guardò con quello sguardo indefinito che d'improvviso gli si delineò.

Chissà cosa poteva aver pensato nel frequentare un uomo che un tempo le era vissuto accanto, che l'aveva amata, dipinta, vissuta e che per tutto quel lungo periodo non si era ricordato chi fosse. Disprezzo? Amarezza? Disgusto? Delusione? O forse soltanto paura di amarlo ancora?

Patrick si sedette sulla sedia accanto, giocherellando con l'ultima sigaretta nel pacchetto, la sua ultima Marlboro, e gliela offrì, insieme al suo respiro. Raquel la prese e lo sfiorò appena. Sembra strano come la quotidianità di certi gesti mai calcolati, mai visti, possa diventare di colpo un mistero meraviglioso e delicato, possa essere intrisa di un'importanza nuova, e si abbia il desiderio sconfinato di proteggerla.

«È guardando le tue mani che mi accorgo che non hai il coraggio di tenderti verso di me. Ti sei mai accorta di come il linguaggio del corpo sia in grado di svelare significati apparentemente insignificanti? Eppure quelle dita un tempo mi sfioravano in un modo così dolce, erano una cascata di attenzioni, una mente viscerale che se ne fregava di tutte le circostanze. Ora il loro movimento è lento e quasi titubante dinanzi alle mie.

Chi lo sa com'è che accade una crudeltà così grande dopo una bellezza autentica, la più pura che nella nostra vita siamo in grado di decifrare e conoscere. Come mai si ritorna estranei dopo aver condiviso viaggi, vacanze, un letto, sogni, briciole di pane, vino in bicchieri intrecciati? Dopo essersi succhiati tutto fino al midollo resta l'osso bucato di un imbarazzo da buttare. È così severa la vita, a volte. Conoscendo l'amore che ci siamo dati non ti sembra uno spreco? Ci aspettiamo qualcosa che non si dissolva ma che tuttavia non ristagni, che resti sempre fresco. Qualcosa da cui sporgersi e riuscire a vedere il cielo. E invece ti ci siedi e se alzi gli occhi è ancora terra. Se bastasse del concime per quei fiori morti ieri io lo spargerei ovunque, persino sui tuoi piedi. Sarebbe per una giusta causa, ne guadagnerebbero anche gli alberi. Volevo avere più tempo per te e dicevo che avrei voluto aver più tempo per dartene.»

«Io non lo so... davvero, Patrick, non so cosa pensare.»

«Credimi stavolta, credimi almeno stavolta!»

«Credimi... credimi... Non sopporto più questa parola, l'idea di ricaderci ogni volta, di averla sentita milioni di volte.»

«Ed è proprio per quelle milioni di volte che non ci hai creduto che dovresti scorgere la differenza e farlo ora!

La verità su qualcuno non la puoi presumere, la devi conoscere. Se non vuoi credere è meglio che ti allontani lasciando al buio la mente.

Se fai più rumore per non sentire il rumore non potrai comunque riposare in silenzio. La verità è razionale, la devi toccare. Se non vuoi farlo vattene, se non vuoi farlo dimentica! Non umiliarmi se non puoi amarmi, mandami via. Com'è triste inventarsi pretesti per non dire la verità. Le persone le dovremmo ascoltare ma se non ne abbiamo voglia allora è meglio mandarle via!

Dovresti cercarla proprio là dove non guarderesti mai, la verità, se solo tu volessi veramente trovarla.»

Patrick guardò Raquel aprire di fretta una piccola agenda e metterla via.

«Cos'hai lì dentro?» le chiese.

«Tutto quello che non vuoi sapere. Scrivo un diario da sempre ma non te ne sei mai accorto.»

«Perché non mi hai detto niente? Perché mentre non ricordavo non hai provato a farti ricordare?»

«Ho finto di non riconoscerti, è stato meglio così. Credevo fossi tornato per me. Da come ti comportavi ho poi compreso che non ricordavi nulla neppure di noi, così non ho ritenuto giusto ributtarti in qualcosa di antico e doloroso, o forse ormai stantio, tanto più che io qui ho una mia vita ormai. Ho sofferto nell'accorgermi che fra di noi non avrebbe potuto funzionare ma è stato necessario per salvarmi. Molta gente vive edulcorando la memoria e la realtà. Molta gente vuole che le si dica la verità e poi non sa accettarla.

La verità va bevuta tutta d'un sorso, è come una tequila boom boom. Magari dopo stramazzi al suolo ma poi ti riprendi una volta per tutte. C'è qualcosa di crudele a volte nella verità ma si sopravvive. Lo stillicidio, la vera condanna è invece morire alimentando con l'acqua dell'anima finti paradisi bugiardi e capire soltanto alla fine di aver sprecato la vita in una pozzanghera che credevi mare.

Portami qualcosa da bere...»

Patrick tornò con due calici di vino e ne porse uno a Raquel.

«Hai convinto la mia anima a posare nuda per te, come in un sortilegio consapevole, senza vergogna. Una volta, mentre dipingevi, mi hai chiesto se può davvero svenire una notte, fermare dunque il mattino di domani e non permettere al domani di arrivare mai più... Ma non si congela la vita, non puoi lasciarla in attesa e poi riprenderla da dove ti pare, Patrick.»

«Lo so, Raquel, ma mettiamola così allora, non è vero che non si torna indietro, solo che a volte si ricomincia dal punto dove ci si è incontrati e si riparte da zero, insieme. A volte invece ci si ferma al punto in cui ci si è incontrati, si sceglie di non oltrepassarlo e si riparte così, in due direzioni opposte, da ignari sconosciuti. Sarebbe più accettabile e meno crudele di un addio, sarebbe più umano.»

«Gli addii intossicano ma intossicano di più le presenze assenti. E delle persone spesso ci manca ciò che credevamo fossero e non sono mai state, piuttosto che la loro più concreta assenza.»

«È strano accorgersi che è proprio quando te ne vai che puoi capire quanto sei rimasto e quanto ti rimane di qualcuno. La prospettiva delle lontananze fa percepire tutto più nitido. Ci sono assenze che sono scuse, assenze che sono pause. Ci sono mancanze che restano, presenze che stancano, tenute in vita artificialmente soltanto dall'abitudine. Al di là di ogni apparenza, in un mondo in cui quasi tutto si cancella in fretta per fare spazio a centomila possibili novità, qualcosa la metti a fuoco oltre ogni previsione possibile e, per quanto ci provi, non puoi negarla ai tuoi occhi. Più ti manca qualcuno più è ovunque presenza. Adesso vado. Considerando che qui intorno a me non c'è nessuno, nemmeno tu, mi resta poco da dire.»

«Sei tornato soltanto per lavarti la coscienza. Ricordi cosa ti dissi la sera che decisi di andarmene? "Per non aver avuto coraggio quel giorno, un giorno ci dimenticheremo come una moneta da cinque centesimi che pensi non ti serva a nulla e la butti via. Poi un giorno vai a fare la spesa, ti si rompe la busta, ti cade tutto in terra e ti manca proprio quella moneta per ricomprarne un'altra." Ho scelto di spendere quella moneta per me. E non senza una smisurata dose di tristezza ho compreso che esistono persone che non vogliono essere amate da qualcuno perché si sono innamorate di quel qualcuno. Dalla loro profonda insicurezza traspare uno sconsiderato narcisismo, un killer mutante che dà libero sfogo al loro bisogno continuo di conferme. Vogliono solo essere amate, non per amare, né per amore. Quante volte mi hai dato dell'egoista perché ho scelto di non annullare i miei bisogni rassegnandomi al tuo egoismo. Per amare davvero qualcuno, oltre ad amare se stessi in modo sano, ci si dovrebbe conoscere abbastanza nel profondo, avere perlomeno una modesta quantità di litri di sangue umili e obiettivi. Chi si conosce almeno un po' non si convincerà mai e poi mai di non avere colpe nei confronti degli altri, non si sentirà l'unico puro in mezzo a un mondo di macchie e contaminazioni. Cercherà soltanto di non sbagliare più allo stesso modo. Se ci si rifiuta di affrontare un problema, il problema si mostrerà di continuo sotto altre sembianze. Non è tuttavia di nostra competenza mostrare ad altri la strada e non è nemmeno nella nostra possibilità. Nostra competenza è scegliere una strada per ridare a noi stessi una possibilità. Troppe recidive distruggono anche l'anima più incline e più aperta al perdono. Scegliere di salvarsi da ciò che ci distrugge è un diritto inviolabile. Tu vuoi chiamarlo egoismo? Io lo chiamo amore per me.»

«Raquel, c'è dentro di noi un bisogno costante che è quello di regalare qualcosa al mondo, un contributo di creatività, una specie di parto della mente che mette in circolo qualcosa di utile. Credo che sia un'esigenza e al contempo un bellissimo dono per l'umanità.»

«Sì, sono d'accordo. Ma se questo bisogno reca danno a chi abbiamo vicino diventa inaccettabile. È come se lo si spingesse oltre la soglia di dolore sopportabile. Voler essere utili non significa lasciarsi utilizzare. Ti senti meglio quando crei, però ti sentirai meglio quando ti prenderai cura di quel che è veramente importante. Con questo non ti sto dicendo che avresti dovuto sacrificare per me le tue passioni, ma nemmeno amplificarle al punto di smettere di ascoltare i miei segnali d'aiuto. C'è qualcosa di cui t'importa veramente? Qualcosa a cui permettere di sconvolgerti tutto l'ordine, la precisione, l'equilibrio, qualcosa che ti liberi da tutto ciò che hai sentito, che ti renda nuovo? C'è, esiste? Lo conosci davvero? Perché io ti dico umilmente che questo è l'amore. Quando sono andata via di casa non ne potevo più. Eri ossessionato dal tuo lavoro, da quest'idea della scena successiva a quella del quadro. Ogni tanto tutto questo mi metteva addosso un'angoscia profonda, un po' lo specchio della tua che io non ho mai veramente compreso. Non sono riuscita ad accettare il fatto che tutto per te si riconducesse alla teoria e poco alla pratica, cioè alle attenzioni che avresti dovuto darmi. Mi vedevo deformata nel tuo quadro ma non volevo ammetterlo. Tu non volevi starmi lontano ma nemmeno troppo vicino. Cercando di controllare tutto si perde tutto, Patrick, è inevitabile, l'assoluto controllo di se stessi ha potere sugli altri solamente fin quando gli altri non lo scoprono e non cominciano a sentirsi giocattoli manipolati al solo fine di compiacere. Tu mi hai intrappolata in un quadro e sono dovuta fuggire per essere me stessa. Tu tracciavi l'idea che avevi di me e non chi sono davvero.»

«L'angoscia che sentivo» disse Patrick «era la mancanza di uno scopo preciso. Non capivo quale fosse il mio posto. Mi sembrava che il mondo intorno a me fosse muto, incapace di darmi risposte. Hai ragione, adesso ho capito che le risposte dobbiamo darcele da soli e solo quando abbiamo capito davvero qualcosa di noi stessi possiamo spiegarlo alla persona che amiamo.»

«Non volevi mai nessuno a cena, chiedevi sempre agli altri di fare un aperitivo fuori. Un invito a cena è qualcosa di intimo, io ne ho bisogno. Ho bisogno di condivisione, di armonia. Oppure mi dicevi: "Se viene qualcuno compra un pollo in rosticceria". Non hai mai voluto capire che cucinare per qualcuno è un bellissimo dono di cui spesso mi hai privata. È vero che siamo schiavi della fretta delle nostre giornate, ma nulla è più appagante che prendersi cura degli altri. Sono piccoli dettagli che hai sempre sottovalutato. La vita non si può semplificare in tutto, diventa una privazione, una privazione di quelle che tolgono le gioie che nutrono l'anima, non solo lo stomaco. L'altro giorno, quando ancora non ti eri ricordato bene chi io fossi, ti ho visto con il grembiule, con davanti quella padella e tutto quello che avevi comprato per cucinare per me. Mi sono goduta questi momenti, sorprendenti rispetto ai miei ricordi. Mi sono chiesta se davvero avessi capito o lo stessi facendo per necessità. Non una necessità interiore anche tua, una necessità legata al fatto che ora vuoi riprendermi. Ho capito che non ricordavi molto, solo alcune cose, pian piano sempre più chiare. Ogni tanto dicevi qualcosa che mi faceva provare una specie di turbamento, perché io a differenza tua avevo e ho ben chiari tutti i nostri ricordi.

Non ti sto dicendo no, sto dicendo che forse devo conoscerti meglio. So che ti sembra assurdo ma devo ricominciare a conoscerti. Non voglio autocensurarmi, voglio assecondare i miei bisogni senza blocchi emotivi capaci di stroncare ogni forma di creatività realmente esistente. La creatività è anche nelle azioni quotidiane, non soltanto nell'arte. Un duro colpo nella vita è una ferita che squarcia la nostra anima ma non è un destino che la distrugge. La buona riuscita di un rapporto va di pari passo con il grado d'intimità raggiunto e con la determinazione di tenerlo forte e vivo. È contaminarsi di curiosità, un vortice esplosivo in cui scambiarsi esperienze.

"Tu mi dipingi e curi i particolari in modo perfetto ma poi li lasci su una tela che resta immobile perché, vuoi o non vuoi, è un dipinto. Il mio corpo invece si muove, il corpo è un bel quadro che però rispetto a un quadro ha dentro un'anima. Occupati della mia anima, non di quella del quadro."

Ti dissi questo quando mi hai ritratta la prima volta a casa tua. Tu indaghi ogni particolare del mio volto e non indaghi il mio sguardo interiore, le mie esigenze. Vuoi intrappolarmi in un quadro, pensando che sia la via più sicura per tenermi, e invece è il modo più veloce per perdermi. Forse per questo non mi hai vista più nella tua tela, quando sei partito. Era un riflesso di quello che è accaduto fra di noi.»

«Sono tornato a cercarti per far sì che le mie mani fiorissero su di te come la pelle sana che ancora sento di avere. Sono qui per il bisogno di diventare qualcun altro, per buttar via tutta quell'angoscia. Ne sono sicuro, perché la decisione era nata in me ancor prima che avessi quest'amnesia. Tutti gli incontri che ho fatto qui l'hanno soltanto avvalorata. Credo di essere finalmente riuscito a riconoscere i miei limiti e a superarli. Perché fra tutti i corpi che ho dipinto, fra tutti i corpi che ho toccato, il tuo si sposta nell'universo in modo differente da ogni altro corpo celeste. Domani so per certo che mi sveglierò ancora con questo pensiero, continuerò a vederti anche se tu non mi rivorrai, e non ti perderò mai, perché se anche dovesse accaderci nella vita, se anche dovessimo separarci un giorno, so che la mia vita non ti perderà. È questo il valore più grande che rimane quando due persone si sono amate veramente.

Così oggi so che anche i grandi amori possono finire ma finiscono nell'infinito.»

Raquel cercò di trovare le parole più giuste per proteggersi e gli disse: «Trovare qualcuno per cui valga la pena andare fino in fondo è semplicemente complicato al giorno d'oggi. Non si lascia il cuore su una stella cadente. Tantissime cose le perdiamo per noncuranza, per disattenzione. Poi le cerchiamo ovunque quando non ci sono più: chiavi, monete, accendini, momenti, occasioni, persone».

E Patrick, che dinanzi al dolore aveva sempre reazioni di cinismo ridicolizzante, non riuscì a non accorgersi che la voce di lei era stata improvvisamente spezzata da una salata pioggia di commozione. Così le disse: «Grazie per quel pezzetto di cuore in cui non entrerà mai nessun altro. Fosse anche minuscolo, fosse anche grande quanto il peso di una lacrima, credo converga comunque verso l'eternità. E tu che conosci la grandezza del cielo ogni volta che apri le braccia, sappi che lo hai rimesso in queste mie anche le volte che non te l'ho detto».

Raquel si alzò e a Patrick sembrò che il prato su cui camminava fosse cemento. Respirò forte il suo profumo fino a quando non svanì lasciando impressa la sua scia d'amore dentro l'anima.

Prese il telefono e chiamò Vince. In quel momento aveva soltanto bisogno di sfogarsi, o più semplicemente di stare con qualcuno.

13
RADICI

«Vince, scusami ma ho davvero bisogno di compagnia...»

«Raggiungimi, sono a casa, così finalmente te la mostro, ti va?»

«Sì, certo, mi fa immensamente piacere.»

«Ti ricordi dov'è il palazzo?»

«A Cannaregio.»

«Sai arrivarci? Oggi è pieno di bancarelle, sali da me e poi se vuoi ci facciamo un giro.»

«Perfetto, a fra poco.»

Patrick arrivò da Vince facilmente, tanto da capire che si era già adattato alla sua nuova realtà. Ogni cosa gli era familiare. Riconosceva anche alcuni dei visi della gente che incrociava. Spesso passava di fronte a una piccola bottega di oggetti in vetro di Murano. Il proprietario lo salutava e questi piccoli dettagli non lo facevano più sentire estraneo in ogni luogo. Nella vetrina spiccavano dei palloncini di diversi colori. Poco più avanti c'era una piccola pasticceria. Entrò per comprare dei biscotti. Attraversò poi il Ponte delle Guglie e scorse, alzando gli occhi, l'altana di legno della casa di Vince.

Suonò, fece le scale e, arrivato sulla soglia, senza nemmeno salutare, esclamò: «Mi sento distrutto, non so cosa fare...».

«Quando s'impara a gestire i dolori si ha via via sempre più la sensazione di essere quasi invincibili. Nel valutarli ogni tanto penso che la mia mente ha sopportato e retto cose complicate e forse ha tirato un po' troppo la corda. Capita che imparare a sopportare i dolori ci dia la sensazione di vedere moltiplicata la nostra forza, non in senso assoluto e non con presunzione, ma con la capacità di riuscire a far fronte a tutto, con una dignità silenziosa. Ti capita mai di sentirti più forte dopo un dolore, una volta che lo hai vinto? Vinto, non messo da parte, sia chiaro, con i grandi dolori si impara a convivere, non li si dimentica.

Se accumuli esclusivamente questo tipo di forza d'improvviso ti trovi sfiancato, è una forza apparente e di riflesso perdi tutte le energie di colpo. Quelle buone, quelle cariche di entusiasmi, quelle che ti permettono di lottare perché credi al cambiamento. È un problema, sai, avere una forza che ti indebolisce dandoti la percezione inversa. Una forza che ti tira da una parte sola. Per te essere forti diventa solo questo. È vero, in parte lo è. Ma è anche offrirsi una nuova possibilità. Non ti sto dicendo di rinnegare questa forza, perché altrimenti saremmo tutti alcolisti stravaccati su un letto, immobili in preda a sterili e vigliacche giustificazioni, amici dei vizi e non della volontà. Ti sto dicendo che accettare l'aiuto degli altri non significa mostrarsi deboli.

E riguardo la crudeltà degli abbandoni esiste anche un atteggiamento costruttivo per affrontarli.»

«Eppure, Vince, a volte capita di non volerlo lasciare andare, il dolore, perché ci sembra di perdere anche le ultime sensazioni che ci legano a qualcuno, invece le due cose non sono correlate. Alla fine che io avessi dimenticato o meno Raquel non aveva importanza. Lei avrebbe potuto dimenticarmi comunque.

Certi rapporti umani sono un po' come quello che accade con il nostro omino in un videogame. Ci sono mete, salti, corse, dialoghi, cadute rovinose e scontri a fuoco. Se non si muore, si sale di livello.»

«Quando qualcuno va via evidentemente non era più felice, non ci sono altre spiegazioni. Spesso accade perché si è sentito mettere in ombra da luci sempre più importanti, altre volte perché semplicemente scoppia qualcosa nell'equilibrio. Continuare a farti domande non ti aiuterà. Se lei vorrà offrirti un'altra possibilità sarà soltanto perché ti ama ancora. Altrimenti tu potrai continuare a provarle tutte per dimostrare che hai capito, che sei cambiato, ma se c'è ancora una fiamma accesa si riprenderà. La certezza di non essersi persi ancora arriva quando le distanze fisiche allontanano senza dividere i pensieri. E prima o poi I pensieri indivisi si rincontrano nell'indivisibile.»

«L'ho sempre pensato. Non sono le distanze fisiche il problema, sono quelle mentali. Le prime le colmi con impegno e volontà, le seconde nemmeno col teletrasporto.»

«Le parentesi si possono spaccare, Patrick. Non c'è niente di definitivo, neppure un punto finché è scritto a matita. Si mette via con facilità solo ciò che non si è amato davvero. Mi sto rendendo conto che ci sono persone che si sono innamorate continuamente, forse incessantemente per tutta la vita, proprio per l'impossibilità di starsene da sole con se stesse, ma non hanno amato mai.»

«Sai una cosa? Diffido sempre di quelli dall'innamoramento facile. Quelli che hanno amato mille volte, sofferto mille volte e poi con un colpo di spugna sono passati alla scena successiva dimenticando tutte le emozioni. Quelli senza memoria. Si ama poche volte nella vita davvero profondamente, e siccome un grande sentimento mette radici ovunque è difficile estirparlo con facilità. Le fini rivelano gli inizi. Dal modo in cui le persone gestiscono la fine di un amore puoi percepire qualcosa del modo in cui ameranno. A metà non si entra nella vita degli altri. Chi lo fa esce con facilità, se entri del tutto è inevitabile, uscendo, soffrire.»

«Ricordi quel nostro discorso di un po' di tempo fa, quando parlavamo dell'amore e tu mi hai detto che senza un vero desiderio di condivisione probabilmente il tutto resta attrazione a endorfine?»

«Certo che mi ricordo.»

«Eppure quella passione non è altro che innamoramento momentaneo e purtroppo come una reazione chimica tende a svilupparsi, a crescere, a fare l'effetto che deve, spesso devastante, come un terremoto emozionale, ti rivoluziona la mente, ti invade le piazze del pensiero, per poi svanire, quando ci si abitua. Perché ci si abitua a tutto, Patrick, all'amore e al dolore. Se non evolve, se non ha la capacità di creare una nuova formula è finita lì. Se la si continua a tenere in vita è solo artificialmente, solo per paura, per non affrontare il cambiamento. In ogni caso bisogna saper accettare che anche un bel rapporto può finire, anche in via definitiva. Non per questo non è stato amore. Resta comunque infinito perché ci resta dentro.»

«Chissà perché ogni tanto ci rendiamo complici volontari di un disastro che manda a pezzi il nostro cuore.»

«Ma un altro mondo è a portata d'anima, basta rimettersi in cammino. Ecco perché vado via sempre un attimo prima della fine, non voglio sopportare questo, non è giusto. Si resta fino alla fine solo quando l'infatuazione si è trasformata in intimità. L'intimità è un luogo segreto dell'anima con una piccola porta che non apriamo quasi mai a nessuno. Lì nascondiamo i bisogni più intensi, la responsabilità delle nostre scelte macchiate dai veri dolori e tutto ciò che ci ha reso davvero come siamo. Se non ti è stato permesso di aprire quella porta, non prenderti mai diritti che non hai sulle persone, perché delle persone sai molto meno di quel che pensi. Solo varcando quella porta le conoscerai davvero. E non la puoi forzare, si apre da sé ed è molto lenta ad aprirsi. Potrai spazientirti e decidere di andare. Però, se resterai, sarà il regalo più grande che potrai ricevere, perché dietro a quella porta c'è la più profonda e chiara rivelazione di cosa sia l'amore. La parte più intima di una donna non l'avrai mai mentre la spogli, l'avrai mentre l'ascolti. Si è nudi e sconosciuti, vestiti e fusi. La parte più intima di una donna l'avrai quando le toccherai un punto che non avrà mai toccato nessun altro così: la sua anima.

Pensa sempre alla mostra a cui mi hai portato. Pensa a Escher. Percezioni o possibilità. Non ti crogiolare sul come sarebbe andata. Allora non è andata. Se adesso andrà è perché si ricomincerà da zero e la vorrete entrambi questa nuova occasione. Perdonarsi è scegliere di donarsi ancora. Se siamo stati in grado di amare, ameremo ancora. Perché i fulmini positivi capitano. Raramente, ma quando capitano scuotono, colpiscono, travolgono con la loro energia primaria. Quelli rossi, più rossi dello smalto Fire di Chanel che proprio ieri Raquel mi ha chiesto di comprarle. Questo amore bisogna volere, questo o niente più.»

«Vince, noi ci siamo già conosciuti...»

«Sì, Patrick, lo so, a una festa di compleanno, a Roma a casa tua, anni fa. Non ricordavi più niente...»

«È incredibile tutto questo. Ti avevo già conosciuto ma in realtà ti conosco ora. Mi sembra di aver vissuto due vite diverse.»

«Quando hai contattato papà per venire qua ti ho risposto io al telefono. Alla fine vedi quanto è insignificante dire di qualcuno "lo conosco"?

A volte le parole sono presuntuose. Non conosciamo mai nessuno fino in fondo. Io credevo di conoscere mia madre e alla fine non era così. Si è sempre disinteressata, ogni tanto mi telefona e il nostro rapporto si riduce a questo ormai. Ho cercato di conoscere la donna che amavo ma era sempre diversa, instabile, mi faceva sentire sempre sbagliato e colpevole. Certe cose, Patrick, non si possono cambiare. Prima le accetti e prima ti salvi. Illudersi riguardo a un possibile cambiamento continua a ferire fino all'ultimo.»

«Forse anche Raquel pensa questo di me... pensa di illudersi.»

«Ma sai cos'è? Tu alle persone potresti raccontare qualsiasi cosa, le persone conoscono solo quel che dici loro o quel che qualcuno dice loro di te. Quale sia poi davvero la verità lo si intuisce solo nel tempo, sul palcoscenico dei fenomeni fisici dell'universo. Sulle lunghe percorrenze l'uomo si rivela sempre per ciò che è, perché la strada stanca, sfinisce e si finisce così per mostrarsi senza filtri. Tuo compito è soltanto il toglierti da davanti tutto quel che ti hanno detto, guardando a modo tuo per decidere se andar via o finalmente vedere, goderti il panorama per un po', un po' di più o fino a bucarti gli occhi d'amore.»

«Raquel è il mio patrimonio emotivo. La mia collezione d'emozioni. Ha portato via con sé la parte migliore di me, quella che in fondo conoscono sempre in pochi nella vita. Mi dispiace solo accorgermi che forse non gliel'ho mostrata mai.»

«Patrick. Quello che conta davvero al mondo è essere riconosciuti da qualcuno per ciò che siamo davvero, e questa è una rarità.»

«Io che ho sempre messo tutto dentro a una tela ho capito che era il suo sguardo a proteggermi ogni qualvolta la mia anima faceva un frontale con qualche ingiustizia profonda. E non c'è differenza fra impressione e realtà ogni volta che guardo i suoi occhi, perché dentro ai suoi occhi tutto può avverarsi.»

«Ci sono innamoramenti mentali che trapassano tutte le barriere terrene e resistono al tempo e alle logiche di tutto il resto. Perché il sesso possiamo scegliere di farlo con chiunque. Avrai avuto altre donne mentre lei non c'era e di sicuro anche lei ha provato a ricominciare senza di te. Avere un posto in prima fila nella sfera del pensiero, scambiarsi l'anima, è invece un evento interiore rarissimo e prezioso. Questi incontri hanno ogni volta il dono dell'inizio, a ripetizione. Sono sicuri, leggeri e si rendono indimenticabili. Con loro puoi restituire a ogni attimo il legittimo senso d'eternità. Con loro tu puoi essere la prima e l'ultima pagina della storia del mondo.»

Patrick notò un'altalena posizionata nell'altana esterna. «Che bella. Hai arredato questa casa davvero con gusto, ma le altalene mi sono sempre piaciute in modo particolare!»

«Ho cambiato tutto qui tranne questo piccolo spazio esterno. L'ho lasciato esattamente come lo vivevo con Vivien. Lei non aveva quasi mai tempo per me. C'era sempre qualcosa prima di me. Una sensazione così frustrante che alla fine era diventata insostenibile. Vedi, Patrick, la persona "giusta" è quella che quando sta con te non guarda il telefono ogni mezzo minuto e fa scordare anche a te di averlo. Quella che ti fa venire voglia di parlare e di ascoltare, di raccontare, di non sprecare del tempo, nemmeno un secondo, fino a quando guardando fuori si è fatto buio. Quella con cui condividere un sorriso complice di meraviglia: "Oddio quant'è tardi, non ce ne siamo accorti". Perché le più grandi tecnologie resteranno sempre e comunque la voce e gli occhi. In certi momenti ti mancherà così tanto da sentire un buco nello stomaco, profondo come un silenzio incolmabile, in altri ti riempirai di parole consolatorie e ti dirai: "È meglio così."

In certi momenti ne parlerai, seduto su una panchina, immobile, in altri cercherai di fuggire lontano sperando di dimenticare il suo nome. In alcuni momenti sarai solo più fragile, in altri forte e pieno di impegni per stemperare i pensieri. Siamo anime in altalena su un terreno di ricordi. Una mattina ti sveglierai con una pozzanghera sotto ai piedi, le mani sulle corde, il tepore del domani. E fra il pensarci per ricordare e il non pensarci per dimenticare, preferirai scendere.»

Vince smise di parlare e Patrick ammirò dall'alto la sera che scendeva su Venezia. Poi disse: «Sai, c'è un momento nella vita di una persona in cui il suono abita lo spazio. È il momento in cui si desidera essere una sola cosa, una sciocca, smielata e preziosa cosa sola. Allora capisci che il tuo tempo e il suo tempo si fermano in quel preciso momento. E in quel momento non c'è nessun altro posto in tutto l'universo in cui il tempo abbia voglia di fuggire».

14
CONSAPEVOLEZZA

Era una mattina di sole. Patrick aprì le persiane e si meravigliò di come spesso ignoriamo particolari indispensabili. Quando le giornate iniziano con il sole prendono tutta un'altra piega, regalano al nostro umore un'atmosfera stupefacente. Gli venne in mente un pensiero di Picasso: "Ci sono pittori che dipingono il sole come una macchia gialla, ma ce ne sono altri che, grazie alla loro arte e intelligenza, trasformano una macchia gialla nel sole". È questo il segreto della bellezza? Questo è il motivo per il quale, al di là dell'evidenza che tutti conoscono – quella che fissare il sole ci rovinerebbe gli occhi –, non abbiamo bisogno di guardarlo per sapere che c'è?

D'improvviso sentì bussare e aprì la porta. Era Enrique, che gli porse un biglietto.

«Cos'è?»

«Me l'ha dato prima una signora, fuori. Mi ha detto di dartelo.»

«Oh, apriamolo, vediamo chi è che mi manda questi messaggi di prima mattina.» Patrick sorrise e aprì la busta.

Ciao Patrick, non so se ti ricordi chi sono. Ti invio questa fotografia sperando che tu possa farne un dipinto e portarlo all'indirizzo che scrivo qui sotto. Te lo chiedo per favore. Si tratta di un giorno speciale e vorrei che fosse celebrato così. Grazie.

Vivien

Patrick osservò a lungo la fotografia, un po' mangiata dal tempo e ingiallita, come i ricordi che un po' si perdono ma non si dissolvono, quelli che la vita non lascia sgretolare di colpo o forse quelli che nel bilancio emozionale di due vite possono anche assumere significati diversi. Ricordò improvvisamente chi era Vivien, riconoscendo accanto a lei il viso di Vince. Era una foto scattata durante una festa a casa sua, a Roma. Vivien era venuta con Vince ed era la prima volta che Patrick li vedeva.

Lui e Raquel si erano conosciuti da poco. Vivien era una sua compagna di università, entrambe erano venute a Roma per l'Erasmus. Quella sera avevano parlato molto. Forse la vita è intessuta da fili indivisibili che, a distanza di tempo, avrebbero ripreso il posto giusto. Sembra troppo facile però. Quante occasioni uguali può ridarci la vita? O forse non esistono occasioni uguali. Un'occasione una volta sprecata non si può più ritirare fuori come nuova a nostro piacimento.

Patrick dipinse visualizzando, forse per la prima volta, un fermo immagine ormai lontano. Eppure, a dispetto di quella fotografia, rese gli sguardi assenti, lontani, anche se probabilmente non lo avrebbe voluto. Ma fu la sua ispirazione a condurre la mano e a fargli sentire che il cuore di Vince ormai era distante da quella scena.

Perché il cuore riparte da capo ogni volta che si chiude qualcosa, anche il battito cambia e non sempre si ha la fortuna di capitare nel momento giusto con una sorpresa che un tempo ci avrebbe reso vergognosamente felici, un desiderio assoluto che non diventa che un flebile sorriso di amarezza, senza neppure più un puntino di stupore.

Di molti quadri non c'è una scena successiva, di molti quadri c'è un chiodo che cade, la cornice va in pezzi e la tela è un ricordo.

Lavorò con costanza e questo gli permise di mettere a fuoco anche i suoi ricordi.

Di prima mattina prese il treno che lo condusse nel luogo dell'appuntamento.

Durante il tragitto, guardando il panorama, pervaso da un'agitazione che non riusciva a spiegarsi, si soffermò a indagare fra immagini e sensazioni. Si chiese cosa fosse allora quello strano magone. La sottile differenza fra l'aprire o il chiudere un ricordo, il punto d'incontro preciso fra lacrima e sorriso. L'assurda sensazione, chiarissima come l'alba che si appoggia sugli occhi, che tutto ciò che gli sembrava insuperabile era arrivato a toccarlo, che tutto ciò che sembrava opposto a lui era la fotocopia del suo pensiero e, ancora, tutto ciò che non doveva funzionare era l'orologio del futuro ormai fermo che rivoleva indietro, e soprattutto tutto ciò su cui aveva puntato il dito non era così grave da metter fine all'infinito. Consapevolezza, si chiamerebbe, soltanto che ha la specialità di arrivare troppo tardi, per questo è nostalgia. Se abbandoni un sogno per strada all'inizio ti giri a guardarlo di continuo mentre ti allontani, ed è come privarti di qualcosa che sai che non vedrai mai più. Ogni dolore che sembra piccolo rievoca quelli più grandi, come esistesse un telo dentro di noi dove la mente proietta tutto il nostro film. I desideri inespressi tornano a torturarti, si assopiscono soltanto mentre fai altre cose, ma basta un niente perché scoppino all'interno della mente danneggiandola pesantemente, anche se dall'esterno sembra tutto in ordine. Patrick pensò:

Dalla mia vita ho imparato qualcosa, che sentirsi soli stando con qualcuno è la vera solitudine e che da solo non mi sento solo mai. Questo è forse il limite della mia forza, e poi diventa la mia fragilità. Ogni forza ha un punto debole. Da lei ho imparato che vedo la luce comunque, ma che chissà se poi è vero che non si ha bisogno di nessuno, perché per quanto si persegua la luce si è sempre anche l'ombra di qualcosa o di qualcuno. L'ipotesi di un viaggio senza punti d'arrivo conserva un desiderio immenso di eterne partenze. I viaggi che non puoi tornano a prenderti.

Patrick arrivò in anticipo all'appuntamento, ai piedi dei Colli Euganei, ad Abano Terme. Chiedendo il permesso al custode dell'ormai abbandonato Hotel dell'Orologio, seguì le istruzioni di Vivien e appoggiò il quadro davanti al pianoforte, lasciato aperto con sopra una rosa.

Si sentì triste al pensiero di non aver visualizzato un futuro felice per Vince e Vivien, ma consapevole che troppe volte la volontà, per quanto intatta, per quanto finalmente perfetta, non può più nulla su un sentimento che muore. Entrando nell'hotel gli sembrò di poter visualizzare tutte le persone che vi erano passate. Nella sala da pranzo c'erano ancora le tende attaccate, si percepivano risate di gente che un tempo lì dentro era stata felice e contemporaneamente tanta tristezza. Si vedevano fluttuare le ombre, come fossero anime che senza pietà sono costrette ad accettare il degrado del tempo, l'umidità che si mangia i muri e l'entusiasmo; la secchezza del verde che sempre non è; la ricchezza esteriore che spesso si sfalda. Iniziò a salire i primi scalini che portavano al piano di sopra, per curiosare nelle camere abbandonate, ma li sentì scricchiolare così forte da avere quasi il timore che crollassero. Poi sentì un rumore, si allontanò rapidamente e fece in tempo a scorgere l'ombra di Vince che girava l'angolo per entrare nell'atrio. Si nascose per non turbare il momento. Vince entrò d'improvviso, incredulo strappò la carta in cui era avvolto il quadro e si vide ritratto accanto a Vivien. Lo fissò a lungo e gli scese una lacrima, poi si voltò quasi a cercare degli occhi e li trovò, bassi, smarriti, a filo di piombo. L'aria era pesante come l'incertezza.

Una sorpresa non desiderata è un brutto incontro. Vince cominciò a parlare: «E così alla fine tutti tornano perché riemerge la nostalgia dell'inizio. Tornano quando non c'è più bisogno, quando il sole di mezzogiorno ha ormai asciugato l'acqua sulla sabbia del mare al tramonto, quando il vento anziché bussare lieve spacca i vetri la notte, quando è inesorabilmente tardi. Un attimo dopo che ci si è abituati all'assenza. Come la luce accesa alle sette del mattino, come la felicità che va a giocare d'azzardo e perde tutto per strada, come tutto ciò che arriva fuori tempo, fuori luogo, fuori misura. Le persone dovresti amarle quando il loro cuore ne ha il desiderio e non quando conviene, e se proprio non ce la fai, se non puoi ricambiare questo desiderio, se non le puoi amare, devi lasciarle in pace. Se non si è stati in grado di restare al momento giusto non si deve inventare un momento giusto per tornare. Non si scippano sorrisi in ritardo. Le curve dei sorrisi fanno girare la testa all'amore, quelle dell'arcobaleno incantano l'anima della pioggia fermandola, ma ciò che di prezioso è ignorato si dilegua alla svelta. In un'altra vita ti dissi che a volte il vero coraggio è quello di restare e non quello di andare. Oggi ti dico che c'è sempre un motivo valido per andare, come per restare, è la parte che prevale che fa la differenza. Quando te ne vai, però, anche se non lo sai, senza sprecare inutili parole fai una promessa silenziosa, la promessa che siccome hai scelto di andartene non tornerai».

Vivien rispose: «Ci vuole coraggio invece a tornare, a lasciarsi spettinare i pensieri negativi, a dire tutto ciò che si ha voglia di dire, invece di aspettare che il tempo passi senza chiarezza, senza un ultimo gesto di tenerezza. Non bisognerebbe mai trattenersi dal cercare qualcuno quando se ne ha voglia. Le voglie represse ci logorano e i desideri chiusi all'interno, senza prendere aria e coraggio, ammuffiscono.»

«Hai avuto tutto il tempo, Vivien, per questo. Per non far ammuffire i pensieri e persino i ricordi. Ti ho aspettata per molto, moltissimo tempo. Sai quanto coraggio richieda aspettare, continuare ad aspettare senza sapere? Se qualcuno sparisce senza lasciare traccia evidentemente non sente così tanto la nostra mancanza. Diamo meno valore a chi c'è piuttosto che a chi non c'è e ogni tanto riappare. Ma la vita è fatta di presenze e non di apparizioni. Non si torna perché non si sa più dove andare.»

«Non sono tornata perché non so dove andare. Non sono tornata perché non posso vivere altri amori. Sono tornata perché posso avere altro ma voglio ancora te. Permettimi almeno di raccontarti cosa mi è successo...»

118

Vince si guardò intorno e si ricordò di un vecchio soggiorno con Vivien in quell'albergo, quando ancora lo splendido giardino affacciava su un'immensa vasca di mosaico e non era affogato da sterpaglie secche, inaridito, segnato dall'abbandono.

«Dopo il mio incidente, dopo il trapianto del fegato e la convalescenza sono sparita perché non volevo farti pena. Non volevo generare pietà. So come vanno queste cose, quando si resta insieme per compassione. Lavinia è morta, io sono viva grazie a lei, è lei la mia donatrice. L'ho scoperto per caso, i miei non volevano dirmelo. Sono come impazzita. Sentivo di non meritare la vita, sentivo di avere dentro di me una parte di lei così grande da prendere il sopravvento sul mio carattere. Tu non ci crederai, ma mi sono sentita un po' lei. Ho avuto la sensazione di aver ereditato non solo un organo ma anche delle zone della sua mente. Non volevo farti vivere questo calvario, tutto qua. Si sbaglia per amore, però in tutto questo tempo mi sei sempre mancato tantissimo, così ho pensato: "Basterebbe dirselo un 'mi manchi' invece che continuare a mancarsi in silenzio per una vita". Ho cercato un po' ovunque la felicità. Tutti ne abbiamo diritto, no? Però alla resa dei conti ho capito che la felicità per essere pura dev'essere servita dalle mani giuste. Se assaggi il vero fascino hai sempre fame. D'altronde è quando non sei sicuro che ci sia qualcosa da prendere e scegli comunque di dare che assomigli davvero all'amore.»

«Ho avuto una piccola storia dopo di te. L'ho fatta finire in fretta anche se era una persona stupenda. Forse per timore che potesse ripetersi ciò che è accaduto con te, ho fatto il possibile per distruggere ogni cosa e immaginare ancora una volta il mio finale. Prima di andarsene l'ho guardata, quasi a dire: "Peccato", senza aggiungere nulla.

Lei ha intuito il mio pensiero e mi ha detto: "E tu mi chiedi cosa sia un rimpianto con una parola? È la parola 'peccato'! Perché prima o poi dimentichi il profumo svanito degli amori finiti. Quel che rimane è l'odore pungente del mai vissuto. È il pensiero di aver avuto accanto la felicità e di essersela lasciata sfuggire dalle mani, per gli occhi avvelenati sempre da ieri e mai dissetati da nuovi domani".

Oggi so che aveva proprio ragione. Mi sono fatto sfuggire un'occasione di cambiamento. Sono felice che tu mi abbia spiegato ma la vita, per me, si affronta diversamente. Sono felice che tu ora stia bene ma il nostro tempo è scaduto. Sono contento anche di questo quadro, lo ha dipinto una persona a me molto cara, lo conserverò, perché non posso né voglio dimenticare. Eppure credo che forse alcune cose siano già scritte. L'errore più grande che commettiamo è quello di credere che una persona che si è comportata male in passato con noi cambierà, che con noi sarà diverso, e invece si comporterà esattamente allo stesso modo.

Il destino di un rapporto è negli indizi degli inizi. I dettagli sono sempre presenti all'origine delle cose, li ignoriamo volutamente. Si confermano pian piano ed esplodono alla fine, con disastri nucleari per le nostre cellule.

Tu sei stata sempre così, anche prima dell'incidente. Successivamente mi hai tagliato fuori, come i cuori che disegno sempre con una parte mancante.»

Si interruppe, guardò il dipinto e con un sorriso amaro aggiunse: «Che buffo, questo quadro è così diverso dal momento in cui ci scattammo questa foto!».

«Allora è un addio.»

«L'addio, Vivien, me lo hai regalato da tempo. Non c'è sempre bisogno di spiegare tutto, credimi. A volte fingiamo di non vederle, le cose, ma le vediamo benissimo. Per un po' non ho voluto più vedere i posti dov'eravamo stati insieme. Oggi vedere questo albergo non mi dà più la stessa nostalgia.»

«Permettimi almeno di abbracciarti...»

Vince abbracciò Vivien, senza fretta ma senza prolungarsi troppo in qualcosa che gli sembrava fuori tempo, innaturale, un tentativo impossibile di rimediare alla ferocia del tempo. Perché il tempo non è soltanto uno, esiste un altro tempo, quello che ci riprendiamo quando ricominciamo a vivere, lontani da qualcosa che ci ha sfasciati dentro.

La salutò così, lasciandola andare via davvero, probabilmente per la prima volta, pur avendola persa così tante altre. Uscendo si girò, diede un ultimo sguardo all'hotel, sbirciando i suoi brividi intrappolati lì dentro, e scelse di voltarsi e non riprenderli. Pensò:

Ti accorgi di essere finalmente libero da un vecchio amore quando, ripercorrendo i luoghi felici, vissuti insieme, ti gusti finalmente una distaccata serenità. A volte perdere quello che si voleva salvare può essere la vera salvezza.

Durante il suo tragitto per far ritorno a Venezia continuò ad avere lei in mente.

Ti ho amata così tanto che se ci penso ancora mi entra dentro un brivido e quel respiro lunghissimo trattenuto prima di vederti, quel respiro che finiva regolarmente sulle tue labbra, ancora lo ricordo. Era sempre lo stesso, un vento che mi sorprendeva alle spalle, spostava le tende anche quando sembra-

va tutto tremendamente fermo. E quando ero stanco persino le
borse sotto i miei occhi erano piene di fiori da regalarti, non ho
mai sprecato nulla, nemmeno un sorso della tua vita. Mi hai
dato tanto, poi sempre meno, mi hai reso schiavo di quell'ini-
zio. Volevo fossero fatti gli attimi, drogati di risposte d'eterni-
tà. L'alta pressione dei ricordi scatena un mal di testa all'ani-
ma. Volevo essere te per andarmene con le mie gambe e capire
cosa si prova a buttare via la vita di un altro che te l'ha offer-
ta in una bottiglia di vino infinito. Volevo essere te ma sono
rimasto io e sono restato tutto dentro di me. Cosa si prova a
essere te però tu lo sai. La gente che se n'è andata se ne rian-
drà. Altrimenti non sarebbe andata via quando poteva resta-
re. È che in amore non impariamo mai niente dall'esperienza,
e come tutte le cose meravigliose da una parte questo ci salva
e dall'altra ci annienta. Avresti dovuto affrontare solo il peso
di spostare una sedia, sederti di fronte alla paura e vedere il
mio corpo che ti amava, le nostre anime abbracciarsi smetten-
do di lottare, intrecciate in una per rimanere. È inutile illu-
dersi, perso l'attimo niente è più uguale. La gente torna ma le
cose non ritornano com'erano, la gente torna ma non si può
tornare indietro per ripartire da un momento che è ormai sva-
nito nel tempo.

Rientrato in casa, accese la radio, appoggiò la testa sul
muro freddo, spostando il cuscino sotto le spalle, con
quella musica penetrante come l'attesa, come l'alba tanto desiderata di un giorno che aspetti e non arriva mai.
Chiuse le palpebre un secondo per catturare l'opaca libertà che riga gli occhi e che, a seconda di come la guardi, si trasforma in solitudine. Quanti pensieri trattenu-
ti, taciuti, silenziosi che d'improvviso escono fra rabbia
e tristezza. Gli tornò in mente una sera in cui non riusciva a prendere sonno e aveva scelto di raggiungere Vi-

vien di notte, dopo un litigio. Le legò alla porta di casa due palloncini con una bottiglia di vino, poi le mandò un messaggio sul telefono: "Due cose ti tengono sveglio fino all'alba, un problema o una donna. Sono venuto qui per dirti che non riuscivo a dormire e il mio problema sei tu. Per cui risolviamolo insieme: stai con me o cacciami per sempre".

La percezione che alle volte le persone hanno di noi è così infedele rispetto a tutto ciò che abbiamo provato a dare. Sarebbe necessario togliere tutti i filtri esteriori per capire chi abbiamo davanti. E quante cose giuste faremo, sbagliate perché non ci renderanno felici? E quando smetterò quello strano abbonamento alle cose che arrivano quando non le voglio più...

E sai alla fine qual è il riscatto più grande che ho pagato per riavermi? Oggi so che tu potrai avere tutto il resto, qualsiasi cosa, ma non potrai più avere me. Ti girerai intorno, guarderai dentro a tante anime vuote e a tanti specchi di cuori in cui non ti riconoscerai. È un sollievo incredibile accorgersene, né per orgoglio, né per ripicca, né per rinnegare tutto ciò che avrei desiderato insieme a te. Solo perché oggi alla parola "insieme" do un altro significato, e se per te l'altra parte di te non sono mai davvero stato io, oggi per me l'altra parte di me non sei più tu.

Vince mise un punto definitivo sul passato, chiuse a chiave per sempre il suo ufficio dei ricordi sospesi. Ci vuole tanto tempo, così tanto che, mentre lo vivi, pensi che non ti basterà neppure tutto quello che hai ancora davanti per dimenticare. Poi quasi senza accorgertene tutto il tuo dolore implode così forte da sotterrare quella parte di te che inizi a detestare, quella che non si dona mai una nuova possibilità. Un alibi perfetto per non ricominciare mai. Le cose finiscono ovunque là fuori, ma non sempre dentro di noi e, fin quando non finiscono dentro di noi, vivono ancora. Ci sono persone che potrebbero incontrarsi in milioni di vite e sempre riconoscersi, altre che saprebbero incontrarsi milioni di volte e sempre perdersi.

Qualcuno lo chiama destino, io la chiamo consapevolezza.

15

SAUDADE

Patrick, solo nel suo miniappartamento, ascoltava un disco dei Cure, una musica che lo aveva accompagnato nel suo percorso fin dall'adolescenza. Da *Love Song* ad *Apart*. La prima, inno all'amore per eccellenza, era la canzone che Robert Smith aveva scritto per la moglie, in occasione del loro anniversario. Un regalo per ribadirle che, nonostante le ripetute assenze materiali causate dal suo lavoro – fra concerti, esibizioni, tournée –, lui sarebbe stato sempre con lei. Una scelta che riconferma ogni giorno la stessa scelta, una scelta che s'innalza su tutto il resto. Come a dirle: "Ovunque io sia, dentro di me nessuno può sconfiggerti." La seconda, punto di rottura, trama evolutiva della sua situazione attuale, si poteva riassumere tutta nei versi iniziali: "lui aspetta che lei capisca ma lei non capirà mai, lei aspetta tutta la notte che lui la chiami ma lui non chiamerà più".

Eppure una sottospecie di certezza lo assalì di colpo. Si litiga, ci si ferisce, ci si distrugge per dei motivi apparentemente futili che nascondono sempre dei motivi inconsci ben più pesanti. Immaginò d'improvviso che quella canzone potesse evolversi in altro modo. Immaginò che la sua stessa vita potesse riportare alla luce qualcosa di diverso, finalmente.

Di cosa abbiamo bisogno per cambiare davvero, per cambiare quello che di noi non ci piace, quello che non riusciamo a digerire, quello che scava lo stomaco sempre più, quello che addormenta la passione per sempre?

Sentì improvvisamente bussare alla porta.

«Chi è?»

«Sono Miguel, non ti ho visto per niente oggi, volevo accertarmi che stessi bene...»

«È aperto...»

Miguel entrò con la sua barba curatissima e gli occhi pieni di luce, rassicuranti. Portavano con sé radici di sofferenza ma allo stesso tempo trasmettevano la conquista della serenità, forse pagata a caro prezzo. Ma d'altronde cos'è che arriva senza fatica?

«Cos'hai?»

«Niente, ti guardo con ammirazione» disse Patrick sorridendo. «Non so cosa avrei fatto qui senza di te, senza Vince. Forse mi sarei arreso...»

«Arreso? Che parola è? Nel mio vocabolario non esiste. Dimmi un po'... e tu cosa vorresti essere per lei?»

Patrick restò sorpreso per la domanda a bruciapelo ma chiaramente ci mise meno di un secondo a pensare a Raquel...

«Vorrei che associasse a me la parola "felicità", perlomeno per metà. Vorrei che, visto che il lieto fine non c'è quasi mai, lei sapesse che le regalerò sempre nuovi inizi.»

«E cosa vorresti che fosse lei per te?»

«La sensazione per una volta, anche solo per un istante, di impercettibile pienezza. Quella in cui mi sembrerà di non riuscire a desiderare niente di più grande di lei e di aver bisogno del suo respiro come del mio per respirare. È questa la sensazione che la mia vita non mi ha ancora permesso di provare mai. E soprattutto vorrei l'ostinazione di volerci a ogni costo e di volerci ancor di più dopo esserci avuti. Perché è fino a quando non smetti di sognare qualcuno anche dopo che lo hai nella realtà, è fino a quel momento che non lo perdi.»

«Allora non perdere tempo a riflettere... fai tutto quello che è in tuo potere e accetta che su ciò che non è in tuo potere non hai alcun diritto né alcuna possibilità.»

Così Patrick scrisse su un biglietto:

Se il lieto fine non c'è quasi mai, ti regalerò sempre nuovi inizi.

«Andrò a comprare una bottiglia di vino speciale, uguale alla prima bottiglia stappata al primo incontro con Raquel. Appena torno, ceniamo insieme?»

«Certo, alle 19 c'è il corso di yoga, dopo sono tutto per te.»

Tornando con la sua bottiglia, Patrick ebbe un momento di tristezza, pensò che avrebbe potuto fare qualsiasi cosa, avrebbe potuto portarle fra le mani una stella: se Raquel non era convinta, nulla avrebbe potuto modificare quella condizione. Così stappò il vino da solo nella sua stanza. Gli passarono davanti tante immagini e lo invase una calma apparente.

Poi scese giù per andare da Miguel che era ancora impegnato con il corso, così si mise in un angolo ad ascoltare. Miguel stava spiegando gli otto stadi dello yoga, in particolare il fulcro essenziale, Yama e Niyama, l'insieme delle astensioni e delle osservanze per raggiungere l'assoluta purificazione interiore. Spiegava che anche attraverso un modo sbagliato di comunicare si può ferire qualcuno, evitando di ascoltare, assumendo atteggiamenti di indifferenza, di sarcasmo, di aggressività, tesi al fine di ferire, di abbattere, di buttare giù, di danneggiare. Perché la sensibilità è una qualità che se possiedi non sai di avere, non puoi vantarti di essere sensibile, se te ne vanti non lo sei, perché la sensibilità non la hai quando ti senti ferito sul personale, quello è solo essere suscettibili, la hai quando ti accorgi della brutalità di certi atteggiamenti non soltanto quando toccano te ma quando toccano tutti. Per questo li eviti.

Miguel sapeva accorgersi di tante sfumature che a molti esseri umani erano sconosciute. Riconosceva gli stati d'animo delle persone senza che gli raccontassero quasi nulla del proprio vissuto.

Alla fine della lezione Patrick lo raggiunse per la cena e Miguel d'un tratto gli disse: «Sai, Patrick, esiste una parola portoghese che deriva dalla cultura galiziana, una parola intraducibile in italiano, *saudade*. Intraducibile perché *saudade* è un miscuglio di malinconia e di mancanza, persino per ciò che non hai ancora perduto ma sai che perderai, mista tuttavia a un ricordo felice che continua a restare felice, nonostante tutto. Alcuni giorni, nella loro splendida imponenza, ti ricorderanno che Raquel è stata tua. Sarà che poi noi non siamo di qualcun altro, però ci lascia un senso di benessere così profondo chiedere alla persona che amiamo: "Sei mia?" e sentirsi rispondere: "Sì", un semplice sì.

Forse la *saudade* è il mezzo che ha la memoria per farci rivivere nel presente alcuni ieri, lasciandoci tuttavia intatta la speranza del futuro.»

«Se devo avere poco, meglio niente. Non mi piacciono gli assaggi. Aprono lo stomaco come un cratere. Lasciano fame d'amore. Se Raquel non vorrà più essere mia non posso accontentarmi di questo. Non posso vivere con accanto una persona che mi dia anche soltanto una briciola in meno di quello che mi occorre per essere felice.»

Così Patrick pensò che nella sua vita erano presenti tutte le condizioni per essere appagato, realizzato, sicuro, contento: mancava la più importante, il ritorno di Raquel, un ritorno mentale, non fisico. E tutto quel desiderare cose che poteva avere, una dopo l'altra, lo trascinò in una spirale di nausea, la stessa che avrebbe avuto mangiando a dismisura portate di ogni tipo, fino a stare male, fino a scoppiare, tutto, ogni cosa, tranne la cosa che gli piaceva di più. Questo immenso contrasto fra vivere e vivere bene, fra avere tutto o niente, gli fece comprendere l'importanza profonda del fermarsi davvero con qualcuno. La differenza sostanziale fra essere contesi, corteggiati da tante persone, ed essere davvero amati da una persona. Tante volte si era sentito lusingato, ammirato per il bel lavoro svolto, eppure essere amati è qualcosa di completamente diverso. Non è tangibile, non è sotto gli occhi di tutti come un dipinto, nessuno ti dirà mai: "Congratulazioni per questo splendido amore!".

Eppure, ti muovi davvero quando hai una persona che diventa il tuo punto d'arrivo. Quando non c'è nessun posto dove vorresti scappare, perché è con lei che, ovunque tu sia, ti senti sempre nel posto migliore. Poter avere tutto ciò che non vogliamo non fa altro che accentuare quel che ci manca.

Miguel, mettendo lo zucchero nel caffè, disse a Patrick: «Quando l'amore ha un potenziale inespresso senti qualcosa che rimane a dispetto di tutto e non lo sai spiegare. Ti chiedi come sarebbe andata se avessi fatto solamente un altro gesto, se ti fossi svegliato per un attimo diverso, senza freni, paranoie, orgoglio, per una volta un po' incoerente.

Non è questo che conta alla fine, perché se qualcosa dovrà ritornare non saranno i percorsi tortuosi a impedire che si ripresenti. Non è difficile che il passato ritorni presente, è difficile che il presente rimanga futuro. È un segreto, un segreto diviso in due cuori.»

«Che significa un segreto diviso in due cuori?»

«Un segreto, Patrick. Un segreto che nessuno dei due conosce davvero, per cui soltanto toccandosi si arriva a svelare qualcosa di incredibilmente eclatante, in grado di stravolgere la propria condizione, per sempre. È necessario andare a fondo però, avere il coraggio di farlo, di sputare fuori tutto quello che si è sempre tenuto rinchiuso dietro l'ultima porta delle nostre porte interiori, mai aperta a nessuno e da nessuno, neppure da noi stessi. Si può scoprire un dolore così lacerante e restarne schiacciati irrimediabilmente o finalmente liberarlo e vederlo andar via, a dispetto di ogni esitazione.»

«Conoscersi per scegliere finalmente qualcosa di duraturo, di sereno, di definitivo e non averne paura più.»

«Esattamente. Non ho mai conosciuto nessuno che si è salvato percorrendo strade senza pericoli. Nessuna strada priva di pericoli ha mai portato in salvo. Accontentarsi è peggio che ferirsi. Ci sono posti dentro di noi in cui anche il vuoto è illuminato, riempito da lacrime, vissuto a ritroso, su svolte imprevedibili, su strade invisibili che riusciremo a scorgere. Incontrarsi è svelare il segreto. Evolversi, capirsi e finalmente cambiare il destino.»

«Ma mi hai portato qui per intimorirmi?»

Raquel sorrise.

«No, vorrei mostrarti solo la bellezza di quello che ho scoperto da quando sono venuta a stare qui.»

«La bellezza? Tutte quelle stupidaggini in cui credi ancora? Non dirmelo. Spiriti, fantasmi, vite parallele... cose surreali, dài.»

«Patrick... Patrick, quindi ti stai riappropriando della tua reale natura...»

«Raquel, ma dài! Non ho mai creduto a queste cose, perdere anche l'ultimo briciolo di memoria non mi avrebbe cambiato comunque.»

«Le persone non cambiano infatti, è per questo che nutro tutti questi dubbi su di te.»

«Bene, sfodererò tutta la mia pazienza, raccontami...»

«Guarda lassù...»

Patrick alzò gli occhi e disse: «La caratteristica di alcuni campanili veneziani è di non essere perfettamente in asse, guarda, sono leggermente inclinati...».

«No. Ma insomma, non c'è proprio verso di farti vedere ciò che vedo io al di là di ciò che è visibile un po' a tutti.»

«Un po' a tutti non è corretto, questo è parte del mio lavoro!»

«Ma non voglio sminuire il tuo lavoro. Vedi qual è stata sempre la differenza fra me e te? Il mio tentativo di farti notare le cose non è un tentativo di sminuire i tuoi pregi e le tue potenzialità. Solo che ho bisogno anche di altro. Volevo raccontarti una leggenda.»

«Dimmi.»

«In pratica il fantasma di una donna uccisa molto tempo prima apparve per salvare una giovane donna, costretta ad andare in sposa a un uomo che non amava. Pur di non sposarsi controvoglia voleva uccidersi con del veleno. D'improvviso il fantasma le apparve, le tolse l'ampolla dalle mani e gettò in terra una borsa con del denaro in modo che la promessa sposa potesse fuggire da quel matrimonio e raggiungere l'uomo che amava.»

«Mi piace questa storia, anche se non credo affatto sia vera e non credo al fantasma.»

«È un modo per ribadire il concetto di cui abbiamo discusso in tutti questi giorni: le persone cercano di fuggire dall'infelicità. È una costante, Patrick.»

«L'ho fatto anch'io, scegliendo di raggiungerti.»

«L'ho fatto anch'io fuggendo da te, quando non ero felice.»

«Sai perché due colonne del Palazzo Ducale sono rosa?»

«Oddio, ricominciamo con lo studio dell'arte, Patrick?»

«Vieni, avvicinati.»

Patrick si fermò sotto le due colonne, guardò Raquel negli occhi e le disse: «Ripartiamo da qui. Queste colonne sono un po' tutte le persone che esistono al mondo. Poi ne esistono due che si vogliono e che d'un tratto si distinguono, sono diverse assieme, solo assieme. Pensa a quanto sarebbe più triste se soltanto una di queste due colonne fosse rosa. Invece sono due, noi due».

Raquel si incuriosì dell'improvviso guizzo irrazionale di Patrick e lui se ne accorse e la baciò, stringendole teneramente la mente, mentre con la mano si fermava sul collo per imprimerle con decisione una carezza indelebile.

Patrick si era sempre chiesto se esistesse al mondo qualcosa di davvero indecifrabile, qualcosa di totalmente incomprensibile, come per lui molte volte era stata la mente di Raquel. Forse esistono però dei momenti, sono pochi, pochissimi anzi, quasi inesistenti, eppure esistono. Ecco, in quei momenti si è davvero vicinissimi, completi, affetti da un deterioramento irrecuperabile delle nostre facoltà mentali, un'accettabile pazzia. Chi non ha mai conosciuto l'amore reputa stucchevoli tutti gli atti romantici, perché la mente gli resta sempre intatta, severa, tesa al dovere, e si sente in diritto di prendere in giro chi pensa che l'unico senso per la felicità sia lasciarsi andare. Patrick comprese che è solo paura quella che allontana le persone dai sentimenti. Chi non ha mai conosciuto questa pazzia chissà se poi è sano davvero. Gli sembrò che il massimo che tocchiamo nella vita sia semplicemente legato a questa condizione, condizione che forse è un privilegio, e ancora di più un privilegio è accorgersene, difenderla, non lasciare che venga strappata dalla durezza d'animo di alcuni. Insomma, arrivare alla fine di tutto credendo ancora in un cambiamento è quasi un miracolo. Alcuni uomini riescono a fare miracoli, grazie all'amore delle donne che amano; alcune donne ci riescono meglio, perché scovano e proteggono segreti che dagli stessi uomini verrebbero derisi. In quel momento erano così, turbati da nulla, sereni. A volte la serenità è assenza di concentrazione.

Così, tornando al residence, Patrick si sentì pervaso da una sorta di alienazione. Era estraneo a tutto tranne che a Raquel. Lei era la sua terra, gli sembrò stupendo il semplice fatto di essere lì con lei e le disse: «E se invece di guardare la tv ti portassi a guardare un tramonto? I nostri occhi guadagnerebbero due decimi d'amore».

Raquel lo fissò quasi incredula. I nostri occhi hanno due possibilità di messa a fuoco: una sugli oggetti che ci circondano e un'altra sulla nostra introspezione. Quest'ultima lascia sfocare tutti i contorni e mette in luce esattamente il nostro sguardo interno. A chi non è mai successo di concentrarsi su un pensiero così forte fino a immergersi completamente in una svista di commosso turbamento?

«Ripenso a oggi...»

«A cosa?» chiese Raquel, sistemandosi i capelli con quella sua imponente timidezza che la rendeva assolutamente unica.

«Io volevo solo stare lì con te e in nessun altro posto. Non pensavo a niente se non a guardarti. È in questo che si nasconde l'infinito. Non bisogna neppure guardare troppo lontano a volte. È questa poi la felicità. Eri tu, semplicemente tu, lì, seduta accanto a me.»

Raquel mostrò un velo di commozione e la trattenne. Forse voleva contenere in sé un barlume di rabbia ancora esistente verso il loro passato, ma poi preferì una sorta di espiazione totale. Lo abbracciò prima lievemente e poi con una stretta decisa, sicura, veloce come una corsa verso il desiderio.

«Quando ti si scopre il cuore puoi coprirti fuori quanto vuoi. Solo certi abbracci sanno mettere fine al freddo di certi inverni dentro. Ho vissuto tanti inverni, anche in altre stagioni, Patrick. Non ti nascondo la mia preoccupazione, non ti nascondo neppure la mia indecisione. Non so da cosa dipenda, non sempre riesco a gestirla. Ogni tanto penso che forse essere troppo sicuri di se stessi sia una grande fregatura. Ero sicura di non volerti più, adesso è tutto così confuso. Eppure in alcuni momenti questa confusione ti guarda e sembra invece prendere la forma nitida di una certezza.»

«Chi lo sa. Tu sei qui, io ho imparato che non si aspetta solo chi non tornerà.»

«Chi non vuole esserci non c'è nemmeno se ti ci siedi accanto. Chi c'è, c'è anche quando credi che non ci sia.

Sono stata con te anche quando non ci sentivamo. Per quanto a intermittenza. Poi finalmente un filo si è spezzato e mi sono ripresa me stessa, tutta intera. Perlomeno lo credevo, appunto.»

«Ci sono dei momenti in cui accade un fatto strano. Ti trovi distante dalla persona con cui vorresti stare, magari non la senti, non sai che cosa fa, ma non per questo ti rassegni a vivere senza. Non avere qualcuno vicino non t'impedisce di averlo dentro e, se ce l'hai davvero dentro, non riuscirai a lasciarlo lontano.

Sono innamorato di te, Raquel.»

«Lo so, Patrick, ci credo, lo so. Ma...»

«Dove c'è un "ma" non c'è possibilità. Se mi vuoi non hai alternative. Se hai alternative non mi vuoi. Perché l'amore ci sceglie. Non esistono "ma" a terminare le frasi. Quando non esistono "ma" si è davvero qualcosa. Non c'è una via di mezzo per un'emozione. O c'è o non c'è. Se non c'è nulla la crea, se c'è anche se l'annienti riaffiora.»

D'improvviso cessò quel bisogno di parlare. Esiste anche un silenzio che non fa paura, che non nasconde nulla e non dev'essere riempito per colmare l'imbarazzo o sputato sotto forma di parole irrilevanti. Patrick guardava Raquel, gli occhi si spingevano negli occhi per qualche istante ma poi non riusciva più a sostenerne lo sguardo. Lo sguardo di Raquel gli ricordava la bruciante sensazione di non poter più fare a meno di qualcuno. Ok, sì, non è vero, perché alla fine sopravviviamo. Perché alla fine anche lui era vissuto tanto tempo distante da lei.

Patrick sussurrò: «Sai, c'è un posto dove tu mi amavi e torno spesso là. Come ci fosse dentro il nostro incontro, in uno specchio, e il suo riflesso non mostrasse solo me ma ancora noi. Forse è per questo che non riesco a guardarti adesso».

Raquel gli fece una carezza sulla mano.

«Vorrei strappare in un sol colpo il male che ti ho fatto. Come si fa, Raquel?»

«Non si può, Patrick... non si può. Io non ce l'ho con te, ti ho amato tantissimo, non te ne dimenticare mai, qualunque cosa accada di noi. Tutta la nostra infelicità e tutta la nostra felicità derivano sempre da qualcuno. Ci raccontano che possiamo vivere bene da soli e forse è anche vero, ma in che modo? In che modo accade poi? Si tocca il punto più alto e puntualmente arriva qualcosa di esterno a strapparcelo dalle mani.»

Patrick avvolse la mano di Raquel e ne percepì il calore, un calore profumato che avrebbe voluto portare dentro di sé. Lei la ritirò e lui si ritrovò a sentire freddo, lacerato dalla sensazione che purtroppo non basta la volontà a cambiare le cose, dinanzi ai sentimenti.

Siamo abituati a usare la parola "bisogno" quasi fosse qualcosa di insano ma non è poi così. A volte abbiamo bisogno di stare vicino a qualcuno, anche solo per gioire della sua presenza, ed è qualcosa di più potente di un desiderio. Questo non significa non stare bene nel proprio posto, non saper stare soli, non saper badare a sé.

Le parole hanno molte sfumature quando le applichiamo alla realtà. Forse le rendiamo rigide e invece sono morbide, esattamente com'è duttile la forma di due corpi che cercano un contatto. Ma anche Raquel, se pure avesse fatto quel gesto di distanza, aveva compreso che si può andare via dalla vita di qualcuno in due modi e per due motivi. I modi? Andarsene con la mente o andarsene solo con le gambe: andarsene restando. I motivi? La fine di un amore o la disperazione. Non puoi dire di amare qualcuno se non sei disposto a perdere niente, se non sei disposto a lasciare andare un pezzetto di te. Quand'è che ci si ferma con una persona? Probabilmente quando è l'unica a farti sentire il bisogno di riposare, l'unica a farti credere che dedicarti alla sua anima renderà finalmente imperfetta la tua solitudine. Quella capace di ricordarti la bellezza di tutte le cose, di freddarti gli occhi d'emozione. Quella che, se va fuori da te, si porta con sé anche un po' del tuo dentro. Capire tutto questo non è sempre immediato. Ripensò a un discorso fatto un po' di tempo prima con Vince. Le decisioni le prendiamo nell'arco di così poco tempo, e se sia stato meglio o no lo capiamo solo dopo. Incredibile quanto un dettaglio condizioni l'insieme dei giorni a venire. Certi giorni pensiamo che sia meglio così, altri ci chiediamo se abbiamo sbagliato qualcosa. Esisterà poi davvero una decisione definitiva? Chi potrebbe negare con assoluta sicurezza che la nostra mente non possa mai compiere una sua evoluzione improvvisa e stravolgere tutti i conti fatti fino a oggi? Negare che forse da domani saremo costretti a scontare una decisione errata per tutta la vita? Saremo mai sicuri di non aver sbagliato i momenti? E se sbagliandone uno li sbagliassimo tutti? Se la vita la scontassimo fino alla fine subito dopo il primo vero errore? Chi non baratta le sue quattro sicurezze con l'infinito, perde il diritto alla felicità. Senza saperlo Patrick e Raquel stavano pensando entrambi a questo. Fin quando si hanno i pensieri intrecciati poco importa lasciarsi le mani.

«Io ho perso la memoria e l'ho ritrovata. Mi sono innamorato ancora di te senza sapere niente. Se vuoi sottovalutare tutto questo, tu potrai farlo. Io sono venuto a vivere qui e ci resterò comunque, perché senza te stavo bene ma non era abbastanza. Qui, in questa mia nuova realtà, in questa città, non conosco nessuno e, tranne rare eccezioni, nessuno sa che sei entrata nella mia vita e non importa, noi lo sappiamo. Sappiamo che entrare e uscire da una mente non c'entra nulla con il chiudere porte. Tenere per mano una mente non è come tenere per mano una mano. Non puoi lasciare andare un pensiero semplicemente lasciando la presa. Ma se qualcuno per caso un domani dovesse chiederti ancora qualcosa di noi, tu non dirgli niente di me, di quel che ti ho raccontato. Di' soltanto che io non potevo fare meglio di così, che non ho mai avuto paura di amarti.»

«Ora, vedi, io ce l'ho con me stessa perché sei riuscito a combinare un gran casino!» Raquel sorrise e aggiunse: «Volevo sdrammatizzare. A volte la vita è un gran casino perché forse io e te siamo un gran casino!».

«Avrei voluto bloccare questa tua espressione, avrei voluto dipingerti così, come sei ora. Ma non importa, io ti tengo dipinta qui.»

Patrick si mise una mano tesa sul petto, ferma, quasi a comprimerlo, per dare più valore al suo gesto.

«Cosa ne sarà di me e di te, Raquel? Qualcosa può andare a finir bene una volta? Per una volta almeno... Adesso che a me sembra, accanto a te, di non avere più niente da aspettare?»

Silenzio.

«Davvero?» rispose Patrick, intuendo, in quel silenzio, una risposta precisa. Ma a volte il silenzio nasconde parole in sospeso e non sai se cadranno per salvarti o distruggerti.

Cos'è poi la disperazione se non l'impossibilità di cambiare qualcosa di già scritto, d'irrimediabile?

«Qui c'è aria di vacanza. Credo tu sia ancora immerso e avvolto in questa sensazione. Ogni cosa che fai, ogni cosa che compri, è intrisa di novità. Poi ti assalirebbe la noia, come sempre.»

«Sai qual è invece l'unica cosa che vorrei? Comprarci un domani. Ma certe cose purtroppo o per fortuna non si possono comprare, ci arrivano soltanto in dono. E comunque qui non c'è aria di vacanza, qui ci sei tu e dove sei tu vorrei ci fosse anche la mia vita.

Ti ricordi, molto tempo fa, quando andammo insieme a vedere la mostra di Frida Kahlo alle Scuderie del Quirinale? Ci tenevi tanto. La sera ti ho portata a teatro e a cena, e adesso non ricordo bene per quale ragione, ma abbiamo discusso. Faceva freddo. Sei rimasta in silenzio per tutto il tragitto che abbiamo percorso a piedi fino al parcheggio. Calpestavi le foglie e persino l'asfalto percepiva il tuo nervosismo. Appena entrati in auto hai sbattuto la portiera e mi hai detto: "Io di sedie vuote ne ho avuta piena la vita e non ne voglio più. Ma, credimi, la persona più importante per te sarà laggiù, seduta in un'ultima fila. Sarai tu che in mezzo a tanti occhi, con la forza del tuo sguardo, non perderai di vista i suoi e andrai a prenderla. E a ogni passo farai la stessa scelta, fra mormorii, bisbigli, commenti e scommesse su quanto durerà. La porterai davanti alla tua vita per farla stendere di fianco alla tua anima. E lì dirai: 'Che lo spettacolo abbia inizio adesso. Adesso che ci sei tu'".

Ecco, qualunque cosa starò facendo domani, qualunque corrente dovesse travolgermi, tu immagina sempre di essere seduta in ultima fila e di incrociare i miei occhi in mezzo a una folla. Io non li perderò e verrò a prenderti. Magari è tardi, ma se non fosse così... voglio solo dirti che io ci sarò, ci sarò sempre, un sempre che non mente e che non fa paura.

Mi troverai, mi troverai ogni volta. Non importa con chi sarò, dove sarò, cosa starò facendo in quel momento. Non importa se avrò fatto un solo passo avanti, oppure cento, oppure centomila ancora. Io ci sarò, custodirò il tuo essere speciale, proprio io che non credo negli angeli. Lo difenderò da questo mondo che distrugge. E per quanti passi avanti io abbia fatto, ne basterà sempre e solo uno indietro per raggiungerti. Questa è la mia promessa.»

17

APPUNTAMENTO CON IL FUTURO

Quel che vogliamo ce l'abbiamo già dentro. Così dentro
me c'eri già tu.
   È irrilevante il momento in cui finalmente scoppia l'incontro e si manifesta la concreta possibilità, deve accadere e accade. Il vero problema avviene successivamente. Ci
sono incontri che ricambiano l'amore e incontri che non
ti perdonano l'amore. Con quelli devi stare sempre sulla
difensiva: dare, non dare, prendere e togliere. Con quelli impazzisci. È per loro che inizi a dubitare e a doman-
darti: "Ma sarà davvero questo l'amore?". E io le risposte le ho chieste a te, a te che hai tirato fuori il peggio di
me, con i tuoi silenzi, le tue assenze, le tue ripetute mancanze, le tue crudeli confusioni. Ho vinto andandome-
ne. Perché oggi so che chi non ti perdona l'amore non è
in grado di amare, o perlomeno non è in grado di amare
te. Così non ho potuto salvarti, ma ho potuto salvare me.

Vince scrisse queste parole sul piccolo diario che gli aveva regalato il suo amico Patrick. Aveva proprio ragione:
quanto fa bene sfogarsi in questo modo! Rileggere e ri-
leggersi attraverso il tempo, avvertire i preziosi mutamenti, a volte riderne, altre essere pervasi da un sottile
velo di nostalgia e poi alzare gli occhi e guardare avanti.

Aprì l'acqua della doccia, si spogliò piano, lentamente, assaporando il momento senza nessuna fretta, senza l'ansia che troppo spesso si prende gioco di noi, mentre noi, quasi arresi, glielo lasciamo fare. Niente lacrime, niente rimpianti. Chissà se è lecito sperare ancora d'incontrare qualcosa che ci cambia davvero o è meglio occuparsi di se stessi. Le due cose sembrano doversi escludere a vicenda, a volte, e invece... lasciò che l'acqua gli scivolasse addosso, come si dovrebbe fare con tutto ciò che entra nella nostra vita per danneggiarci. Dovremmo diventare un tutt'uno con l'acqua e farla fluire per pulire tutto lo sporco causato non dal sudore ma dalle cattiverie che proprio non riusciamo a digerire: ingiuste, immeritate, subdole. Perché è così diverso il non comprendersi dall'agire per mera malafede. Così sul vetro del box doccia tutto il vapore lo avvolse in un istante, e Vince disegnò dei piccoli cuori, completi finalmente. Sorrise di questa sciocchezza. A raccontarla qualcuno lo avrebbe probabilmente deriso. Quasi nessuno si ferma ad ascoltare e ha volontà di capire chi siamo, capire perché ci succedono tante piccole stranezze che abbiamo timore di mostrare e siamo costretti a custodire così bene da fingere che non esistano. Forse invece grazie a qualche piccolo meccanismo che finalmente ricomincia a funzionare, le nostre piccole stranezze sono la prova che siamo in grado di rimettere in circolo, nel nostro corpo, un desiderio di liberazione.

Un giorno magari avrebbe incontrato una donna a cui raccontare tutto questo. Si sarebbe seduto sul divano a guardare un film con lei senza paura del finale. Non avrebbe avuto timore di entrare da Tiffany e comprarle finalmente un bracciale, buttando alle spalle la scaramanzia, restando a metà fra la paura e il desiderio che due vite possano davvero scegliersi per sempre. Quante volte si era fermato davanti alla vetrina, soprattutto nel periodo di Natale, e aveva osservato tutte quelle persone in fila. Ma per le storie degli altri nutriamo a volte una morbosa curiosità, mentre le nostre le difendiamo con i denti da chi ci mette bocca per demolirle. E allora? Basterebbe un filo di rispetto in più, un filo di delicatezza. Così, Vince si vestì come se dovesse andare a un appuntamento. Scelse con cura la camicia immaginando un ristorante per una cena e poi corse al negozio. Acquistò un bracciale per una donna che ancora non c'era.

A me non manca nessuno dal passato, pensò, *manca qualcuno dal futuro.*

La persona che amiamo esiste già ma spesso non l'abbiamo ancora incontrata. Guardò quel bracciale come un segno di vittoria. Un giorno avrebbe raccontato tutto al suo amore. Chissà se lei avrebbe mai creduto che quel regalo esisteva già ma non era riciclato, non era qualcosa di meschino, come quando si restituiscono gli oggetti alla fine di una relazione. Era qualcosa di molto più grande. Un regalo che in quel momento non sapeva nemmeno se avrebbe mai dato davvero, eppure era così prezioso fra le sue mani che un po' tremavano. Avrebbe trasmesso a lei quel tremore, quell'emozione? Si eredita la fantasia? Forse no, ma si edifica ancora più forte, se non si smette di ridere delle proprie stupide pazzie. Le avrebbe detto: "Ripartiamo da qui, da noi, da adesso in poi, perché è proprio quando smetti di aspettare che incontri qualcosa, qualcuno che aspettava te".

Dal cuore completo a questo bracciale, alla mia promessa di ricominciare, ovunque tu sia... ma adesso non importa. Vorrei creare un piccolo sogno e per ora lasciarlo così. Credo sia den-

tro a questa piccola busta e sceglierò con cura anche un posto dove lasciare riposare il mio regalo.

Le anime se ne fregano e vanno agli appuntamenti con o senza il nostro consenso. Fanno l'amore prima dei corpi, ecco perché poi i corpi s'incontrano.

Ti darò questo bracciale e poi aggiungerò: "Posso dirti una cosa?", e potrai sorridermi per questo o averne paura. Sono già spaccato per andare in pezzi.

I dolori silenziosi sono garanzie di salvezza, gli altri non li conoscono fino in fondo perché mai li hai dati in pasto al mondo e così ti provano a spezzare. Ma tu hai un vantaggio, sai già che ti salverai. E così è stato. Nonostante tutto oggi sono salvo. Le mie scelte le rifarei, fra milioni di giorni se ancora ne avrò, con te o senza te, con nessuno o qualcuno accanto perché io sono così, io sono questo a prescindere dal resto. Il peso delle cose non è mai attendibile. Ti fa scalare le nuvole. Puoi sentire il tuo cuore lacerarsi e dissolversi anche solo per il soffio di una particolare presenza che ti è vicina. Una vertigine che annulla il tempo e blocca l'eterno in un momento: una lucida confusione. E soprattutto dopo che la vita ti ha dato molti schiaffi devi riabituarti anche a un tocco delicato.

18

LEGAMI DI SANGUE

Spinto da una sana richiesta interiore, quella di chiudere finalmente il cerchio, di ristabilire un equilibrio intorno a sé e alle persone amate, fu proprio Vince a dire a Raquel che Patrick aveva appena ritrovato la chiave del magazzino in cui erano state mandate, da un caro amico d'infanzia, tutte le sue cose, prima dell'inizio delle amnesie, e che lui si stava recando lì.

«Come sai, Patrick ha battuto la testa cadendo in aereo. Ma lui aveva deciso di venire a cercarti prima di non riconoscerti, Raquel. Il trasloco ne è la prova... Raggiungilo, parlagli. Credo che anche tu abbia bisogno di verificare con i tuoi occhi che tutto ciò che ti sto dicendo è vero. Sono tuo fratello e ti voglio bene. Sai che nutro per te un grandissimo senso di protezione, sai che non ti spedirei fra le braccia di qualcuno che ha solamente voglia di ferirti.»

«Ma non si tratta di questo, Vince. Certe situazioni ci lasciano un senso di spaesata confusione che non ci conduce né a una scelta né a un'altra.»

«Siete strane voi donne a volte. Quando qualcuno vi dà il mondo non vi basta più. Dev'essere tutto complesso, difficile, struggente. Vi fate dominare da chi esercita un potere su di voi ma non vi ama né vi amerà mai.

Per voi è troppo facile amare chi vi offre amore. Non è per niente facile invece continuare a dare anche quando qualcosa vorresti ricevere, e non per egoismo ma per il senso naturale con cui nasciamo: essere amati anche noi! Una persona che vi ama non manca agli appuntamenti, non fa sempre tardi agli eventi dei sentimenti. Una persona che vi ama, c'è. Spende i suoi sogni per voi senza rivolerli indietro. Vi tiene dentro alle cose che succedono. Vi fa sentire importanti. Per voi questo è spesso troppo facile. Invece chi dice di esserci e poi non c'è tradisce la vostra mente ma voi lo perdonate. Ci sono tanti modi per tradire e non ve ne accorgete. Volete il sempre da chi il sempre non sa cosa sia, e non perché non esista o sia una bugia ma perché ve lo aspettate da cuori troppo deboli. Confondete l'assenza con la forza e la presenza con la debolezza. È esserci che richiede fatica.»

«Hai finito, Vince?» esclamò Raquel sorridendo. «Ognuno ha le sue disillusioni, non trovi? Tu hai avuto le tue, io ho avuto le mie. Non bisogna proiettare su chi abbiamo vicino quel che è successo a noi...»

«Ho rivisto Vivien...»

«Ecco, appunto. Tutto questo tuo sproloquio, vero fra l'altro, non dico di no, non fa al caso mio. Credo di aver imparato a conoscermi abbastanza per riconoscere cosa desidero e cosa no. Ognuno ha la sua storia e nessuno può dedurre cosa sia davvero accaduto fra due vite. Tu ora hai conosciuto Patrick e sembra non essere lo stesso uomo che io ho lasciato tempo fa. Allora l'ho lasciato proprio perché a suo modo non c'era mai e io non ero felice. Ci sono anche tanti modi per esserci, sai? Non basta restarsi accanto con il corpo se con la mente poi si è sempre altrove, sempre presi dai propri progetti, dai propri interessi e dalle proprie manie.

Comunque, cosa ti ha detto Vivien?»

«Voleva tornare con me. Ha chiesto a Patrick di dipingerci e di lasciare il quadro al vecchio Hotel dell'Orologio.»

«Quello abbandonato ad Abano? Che tristezza quel posto... e pensare che era bellissimo.»

«Sì. Non sapevo che lei era lì ad aspettarmi. Ho ricevuto un biglietto in cui c'era scritto che mi era arrivato un pacco a quell'indirizzo. C'era anche un numero di telefono. Pensando a uno scherzo ho chiamato. L'hotel è abbandonato. Invece il custode mi ha risposto dicendomi che era vero, che bastava chiamarlo una volta arrivato e mi avrebbe aperto.

Rivederla mi ha fatto davvero chiudere un ciclo. Certo, ho provato sentimenti contrastanti. Penso sia normale quando hai investito davvero un pezzo di te per una persona. Tutto ha un ciclo. Se fossimo così bravi da capire che per stare bene dovremmo avere accanto persone in grado di farci stare bene...»

«Ho imparato a gestire i miei rapporti con voi separatamente» disse Raquel. «Vivien mi ha raccontato la sua storia ma per rispetto e conoscendo la tua sofferenza ho sempre preferito non aprire il discorso. Ho aspettato lo facessi tu... Siamo sempre state amiche e io la rispetto, perché non è giusto giudicare le scelte degli altri, anche quelle che davvero ci sembrano incomprensibili. Sai, è facile dare consigli, è molto più complicato mettersi in connessione diretta con le vite che non sono la nostra e provare a dare una spiegazione anche a quel che è scomodo per noi.»

«Lei in qualche modo mi ha fatto sempre scontare la mia dolcezza...»

«Arriva il momento, Vince, in cui tutto quello che non avremo capito di noi tornerà a cercarci, a farsi sentire e a insegnarci qualcosa. Basta saper aspettare. Vale per me, per te, per Patrick, per Vivien. Probabilmente ha capito i suoi errori se è tornata a cercarti.

Lei ha fatto il suo tentativo e tu lo hai respinto. Ora ti chiedo di stare dalla mia parte. Questo non significa stare contro di lui, significa comprendere anche le mie ragioni, perché è dalle nostre scelte individuali che dipende la sorte del nostro futuro e della nostra personale felicità. So che hai imparato a volergli bene e ne sono davvero contenta. Il vostro rapporto andrà avanti al di là di me, esattamente com'è andato avanti il mio con Vivien, al di là di te. Lo hai detto poco fa: dovremmo essere in grado di capire quando le persone che abbiamo accanto possono farci stare bene o meno. Vale per te, vale per me, vale per chiunque abbia una buona base di autostima, no? Quando non stai bene non puoi amare bene. Quando non stai bene non puoi fare stare bene nessuno. Forse sarebbe il caso di comprenderlo, prima di arrecare danni alle vite altrui.»

«Patrick lo ha capito. L'ho capito anch'io e anche tu...»

«Comunque seguirò il tuo consiglio e andrò a vedere. Non sono più così drastica come un tempo. Le mezze misure nei sentimenti non sono mai abbastanza, ma nella vita ammorbidirsi un po' è indice di maturità.»

Vince sorrise e si avvicinò per abbracciarla, Raquel lo strinse forte. Ci sono abbracci che durano pochi secondi ma continuano a restituire alle persone un senso di protezione nel tempo. Aumentano le difese immunitarie attraverso il ricordo di un momento.

Si salutarono e lui guardò sua sorella allontanarsi con passo deciso.

19

CONDIVIDERE I SOGNI

Raquel arrivò al magazzino, la porta era aperta ma Patrick non c'era.

Vide una panchina imballata nel cellophane ed ebbe un tuffo al cuore. Aveva detto più volte che avrebbe voluto mettere una panchina nel loro giardino, una volta presa casa insieme, come omaggio a un film romantico che avevano visto insieme: *Notting Hill*. Sulla panchina c'era una lettera e Raquel iniziò a leggerla.

Non sono riuscito ad averti vicino ma questo non significa non averti dentro. Sai cosa sarò io per te? Sarò sempre quel piccolissimo particolare che ogni tanto scorgerai nell'aria, nelle cose che guardi, nella loro bellezza, quel dettaglio emotivo che ti viene incontro. L'attimo che ti innamora l'anima per l'inquadratura di un tramonto, unico, imprevisto, che torna in mente all'improvviso. Il diversivo, il tempo di un sorriso quasi inatteso che ti confonde i respiri, il déjà vu, la sponda di un sogno. Le storie finiscono mentre quel piccolo particolare, quel quasi niente, mi farà restare con te per sempre.

Il piccolo particolare è in questo regalo. Volevo mandarti una panchina, avevo cercato il tuo indirizzo, ma nonostante tutte le ricerche del caso non ero riuscito a trovarlo.

Eri sparita, ti eri dissolta e nessuno ha potuto darmi tracce di te. Ho provato anche a scriverti più volte ai vecchi indirizzi di persone che pensavo frequentassi ma probabilmente non hai mai ricevuto nulla. Poi, facendo ricerche ulteriori, sono risalito all'indirizzo di tuo padre. Ho visto che aveva aperto questa residenza, Punto Feliz, gli ho scritto e ho deciso di mollare la mia vita a Roma per ricominciarla qui. Non so ancora se con te o senza di te.

Non poter stare insieme a qualcuno, non poter stare nemmeno senza. Non poter stare vicini ma neppure distanti. Mancarsi accanto, mancarsi dentro. Mancarsi fuori ma nel profondo. Chissà se è amore lo stesso questo. Questo non smettere di cercarsi.

Cuore? Poi cos'è? Se non lo posso toccare con un dito allora non esiste, mi dico. Poi sorrido quando mi racconto bugie e nemmeno le finisco di pensare che già si dissolvono. Una volta ho toccato la luce. Era un giorno qualunque. La luce poi cos'è? La luce era ridere con te, anche di niente. Essere felici di niente, che poi è essere felici di tutto, di ogni cosa vista insieme perché insieme ha preso vita. Scriverti è un modo per toccarti da lontano, per farti arrivare la brezza di una nuova carezza sugli occhi e fra le mani. Ti arriva mai il vento addosso, la notte? Una brezza fresca che sembra quasi sovrannaturale? Sembra qualcuno venuto a trovarti anche se non lo vedi. Non vedi nessuno eppure c'è, è lì con te, sospira all'unisono, è un druido divino che ti accarezza, uno strappo d'amore. Ed è proprio le volte che hai provato a mostrarmi il peggio di te che io ci ho visto il meglio. Tu conosci un posto nel mio cuore dove sono entrati in pochi, perché è necessario rinunciare a ogni mezzo comodo per entrarci. A volte è scomodo persino per te che hai più fiato e più gambe di me. Dimentica il mio nome ma non dimenticarmi, non dimenticare come ti ho fatto sentire, se pure solo per un po'. Non mi perdonerò mai di non essere riuscito a renderti felice. Non dimenticare che abbiamo osservato il mondo, le persone intente a vivere nelle loro case, a chiederci chissà che fanno, dove vanno, su quali strade si bloccheranno per paura o per amore? Che desideri avranno rispetto ai nostri? Che sfumature avranno i loro colori?

Forse gli stessi. Forse i desideri degli uomini si equivalgono. La cosa più importante è amare e amarsi, dal primo vagito all'ultimo respiro non chiediamo che questo: amore. Noi siamo nati tutti dal coraggio dell'amore, la paura poi ce l'hanno presentata qui, per vincerla, disfarcene e ricominciare. E soprattutto è quando si smette di farsi queste stupide, sciocche domande, che si dimentica?

Mentre Raquel toglieva l'imballo alla panchina una voce alle sue spalle la fece sobbalzare.

«Ho scelto l'iroko, perché è un legno resistente alle intemperie e all'umidità.»

Raquel si voltò di scatto e vide Patrick. La fronte preoccupata, lo sguardo lucido, piccole rughe quasi diverse rispetto a quelle che aveva quando stavano insieme. Forse, pensò, quelle rughe sono la fatica dei ricordi.

«L'avevo comprata da tanto, tanto tempo. Nostra, perfetta, fatta apposta per noi, come quel film che ti piaceva tanto. L'ho rivisto così tante volte da impararlo a memoria e talvolta sorrido al pensiero di essere stato così poco romantico. Ora lo trovo incantevole. *Questa è la panchina dove sederci per invecchiare insieme*, avevo pensato. Da portare ovunque perché, anche se avessimo deciso di cambiare casa, mai ci saremmo fatti mancare un giardino.»

Raquel si rese conto che Patrick per una volta aveva ragione. Il desiderio di viverla a tutti i costi era partito da prima, da quando l'incoscienza dell'amore gli aveva fatto prendere la decisione di cambiare vita per lei, di provarci perlomeno. Poi qualcosa si era inceppato, per via delle sue amnesie, causate dalle sue paure inconsce. Successivamente aveva compreso che ogni paura diventa un messaggio se la lasciamo parlare, se accettiamo di avere due sé distinti dentro di noi, uno istintivo e uno razionale, e forse proprio a causa del troppo amore, della paura di perderlo nuovamente, i nostri due sé vanno in conflitto, non si accordano. Ma ora c'era un nero molto più chiaro del bianco, il nero delle parole impresse in quella lettera: le stesse parole che la cercavano ancora.

«Raquel, non ho bisogno di te. Ho bisogno di coltivare il gusto bambino di essere un po' sciocchi a volte, di ridere di cose stupide, di sdrammatizzare la pesantezza della vita con quel buon sapore di leggerezza. Ho bisogno di smettere di cercare certezze assolute e di provare a regalarle, cercando di essere di parola. Il che significa mantenere, se si sa di poter mantenere, oppure non promettere. Di fotografare un oggetto in giro per il mondo come fosse umano e mescolarlo alle nostre fotografie. Ho bisogno di sviluppare l'unico potere a cui ambisco, l'unico che conta davvero e che custodisco dentro: il potere sinergico delle emozioni. Non ho bisogno di te ma ho bisogno di questo con te. Questa panchina è la mia promessa.»

«Non c'è nulla di più reale della memoria e nulla di più irreale dei suoi ricordi. Ogni tanto si mescolano e si fa fatica a distinguerli, Patrick.»

«All'interno dell'anima c'è un battito ancora, unico e lungo come un sospiro, come una carezza. Dentro ci stanno tutti i giorni migliori, i momenti incantevoli, le parole d'amore pronunciate e i silenzi più belli, preludio esplosivo di comete, di sorrisi in scivolata su un abbraccio stellare.

Mi accorgo che si può amare diverse volte al mondo con intensità variabile, come tanti sono i segni del tempo, diverse le stagioni e diverse le temperature del cuore, però quel battito è uno e potrai regalarlo soltanto una volta. D'improvviso puoi accorgerti di averlo già regalato a qualcuno senza saperlo, puoi scorgere quel lieve dolore, quel piccolo vuoto interiore più grande del mare. E in ogni caso io penso che sia meglio partire per tornare felici, oppure non tornare. Stai bene adesso?» domandò Patrick.

«Sì. È stata dura, lo ammetto, ma ho ricominciato.»

«"Sì" è una bella bugia per continuare a perdersi. Voglio che tu sappia che non mi manca una persona accanto, mi manchi tu...»

Patrick le prese la mano, Raquel non la ritirò ma nemmeno strinse la sua, così lui aggiunse: «Se non puoi tenermi, lasciami, ma anche se mi lasci, ricordati alla fine che non mi manca avere tutto, più di tutto mi manca avere te.

C'è un posto dove ogni vecchia certezza cade e si può ricominciare tutto dall'inizio. Vuoi venirci con me? Perché se mi dirai di sì, io avrò conferma del fatto che è davvero possibile cambiare in ogni momento la nostra vita».

20
NOTTE DI PACE IMMENSA

Si strinsero più forte, ascoltando scorrere l'anima insieme al temporale.

Chi non ha mai provato quell'accesa serenità? Quella di stare al sicuro mentre fuori c'è la fine del mondo? Chi non ha mai percepito che la fine del mondo nulla può su due corpi che fermano il tempo, stretti in un letto, a mettere d'accordo il ritmo dei rispettivi batticuori? Eppure quella sicurezza divenne incerta al pensiero di dover affrontare forse l'ultimo scoglio rimasto fra due maree. Erano stati insieme molto tempo, si erano fusi nelle emergenze e negli imprevisti che possono accadere, dividendosi.

Ma la vera intimità è esser nudi da vestiti e poi, per entrarsi dentro, spogliarsi solo dell'anima. Era ancora possibile riavere questo? Al di là della passione, del sesso, del vortice che centrifuga lo stomaco fino all'ultimo zampillo, prima dell'esplosione dei sensi, dell'estasi. Avevano ancora la profonda convinzione che nulla fosse alterato, rispetto ad allora? Esiste anche la paura di fare una cosa tanto attesa, tanto aspettata. Insomma, un desiderio che prende forma ha la forma che ci aspettiamo?

Patrick accarezzò Raquel a lungo, quasi titubante. Senza fretta pur se frettoloso era il desiderio di lei. Si ricordò della prima volta che avevano fatto l'amore a casa sua e cominciò a pensare:

Di lei mi ricorderò sempre un momento di desiderio infinito. Un momento di quelli che a descriverli con le parole non ci riesci mai fino in fondo. Eravamo sul mio divano e la mia mano era andata a cercarla nel suo posto più intimo. Da molto sognavo, desideravo quel momento, così tanto da sentire la passione smisurata di un uomo che vuole amare la sua donna senza potersi trattenere nemmeno un minuto di più. Eppure d'improvviso, seguendo il contorno delle sue labbra, incrociando i suoi occhi, la mia mano si è fermata, rimanendo immobile fra le sue gambe. Forse in quell'istante era lei ad aver penetrato con i suoi occhi la mia mente. Mi sembrava quasi di profanare il suo corpo, avvolto da una luce eterea, da una purezza estrema, disarmante. Lei era la perfezione in miniatura, così fragile, così bella, così indifesa, con le sue piccole mani che avevo cercato di stringere in ogni momento possibile per tutta la sera. La guardavo: il suo volto era così sereno, abbandonato. Lei dipendeva dai miei movimenti e io dalla mia commozione mentale. Mi sembrava di guardarla come lei non era riuscita a vedersi mai. Mi sembrava potesse pensarsi ancora più bella di quel che sapeva di essere in quell'istante, attraverso il mio sguardo. E se lei avesse potuto guardarsi coi miei occhi si sarebbe innamorata del mio desiderio, perché era dentro quel desiderio, fermo così, come d'incanto, che avevo capito di provare ancor più di ciò che credevo. Ci siamo guardati a lungo e forse si fa l'amore anche così, con gli occhi negli occhi, i pensieri nei pensieri. Tutto ciò che ricordo era questo infinito, pazzesco, irrefrenabile desiderio di starle addosso, e non per sesso. Per annusarla, per sprofondare nel suo odore, per fissarmelo come una seconda pelle. Poi l'enfasi era ripre-

sa, facemmo fatica a uscire di casa. Nel viaggio di ritorno per riaccompagnarla io le tenevo la mano nella mia, avevamo in sottofondo solo la musica e quella pace interiore di un silenzio che non spaventa, racconta. Racconta quel punto in cui le parole si fermano a riposare.

Resterà eternamente quella notte di pace immensa.

E ora? Ora avevano quest'altra occasione. Patrick si accorse che Raquel aveva chiuso gli occhi e continuò ad accarezzarla.

«Dormi?» domandò.

«No... voglio godermi questo momento, così in silenzio. Ripensavo a quando abbiamo fatto l'amore la prima volta.»

«Sì, ci stavo pensando anch'io...»

«Chissà se, a pensarci bene» disse Raquel, «esiste un momento in cui due persone si stanno perdendo e non se ne accorgono, non lo capiscono, non lo colgono. Io credo ci sia... Ogni tanto mi chiedo come mai la bellezza delle cose meravigliose che ci accadono sia sempre così breve.»

«Forse proprio per questo, per permetterci di apprezzarne il valore nel presente. A volte basta un istante fuori posto per spostare tutto il resto. È così che si sgretolano le emozioni. La questione del tempo, però, sai, non è così precisa come crediamo. Perché un attimo può durare un attimo o non finire mai. E comunque come mai adesso pensi a queste brutte cose? Siamo qui, insieme...»

«Perché stare insieme in un letto, Patrick, non è garanzia che la nostra storia funzioni ancora. Le cose non funzionano solamente perché noi lo vogliamo. Però so anche che è un peccato scappare prima di provare...»

«E tu mi ami al punto da concedermi il lusso di essere davvero sincero con te?»

«Questo è un rischio che si deve correre, o lo si corre o si va via, non ci sono facili vie di mezzo. Perché ogni forza ha un punto debole. Ed è soltanto il permettere a qualcuno di toccare quel punto debole che ci rende davvero forti e ci salva.»

«Se ogni forza ha un punto debole, il mio sei tu.»

Raquel si voltò di scatto e lo baciò.

La necessità era tale da non avere più freni o inibizioni, era esigenza. Portandosi il lenzuolo intorno al seno gli salì sopra, percorrendo con il dito tutto il petto, poi gli strinse le mani così forte da far fluire i suoi spasmi e le sue contrazioni non solo nel corpo ma negli occhi e nel respiro. Può esistere per due volte, la prima volta? Sì, può esistere. Era così: ingorda, maestosa, devastante. Sapevano riconoscere il momento perfetto per la dolcezza e quello perfetto per un bacio violento, come un'emozione che strappi dal tuo e attacchi sul cuore di chi ti è davanti. Il loro orgasmo era il girotondo di due anime che perdono tutto per tutto riavere. Il momento estremo, il punto in cui l'abbandono è più forte, perché il loro prendersi in quel momento era ridarsi, restituirsi di nuovo una notte di pace immensa.

21
UNA BOLLICINA D'ACQUA

Raquel dormiva e Patrick, prima di uscire per comprare i cornetti della colazione, le organizzò una piccola caccia al tesoro. Mise un biglietto sul suo cuscino con degli indizi per farle trovare tanti piccoli pensieri utili a colmare il tempo della sua assenza:

Voglio dirti che forse non siamo stati un bel sogno, ma neppure una brutta realtà. Voglio dirti che si possono percorrere anni luce in una sola notte. Che c'è chi si sente l'anima gemella di un altro, chi bestemmia amore fuori senza averne dentro, chi inganna il silenzio con finte parole, chi si spreca nei letti di chiunque. E poi ci siamo noi che dove siamo stati non lo so, ma siamo stati qualcosa comunque.

Uscendo iniziò a chiedersi se davvero il suo quadro, lasciato quasi in un'altra vita ormai, a Roma, fosse davvero vuoto come gli era sembrato che fosse. Aveva rimesso così tante cose in discussione, combattuto fra la curiosità di ieri e l'ansia di domani, ma non riusciva a mettere quasi mai da parte questo pensiero. Aveva timore che parlandone a Raquel avrebbe potuto allontanarsi, pensare ancora una volta che non si fosse davvero liberato della sua ossessione: l'ossessione di dipingerla in un quadro a ogni costo.

Il suo migliore amico a Roma aveva le sue chiavi per poter entrare e controllare, però Patrick voleva farlo con i suoi occhi. Alla fine una tela è una tela, se sopra c'è disegnato qualcosa o no chiunque può accorgersene, ma forse non aveva il coraggio di chiedere, o forse voleva andarselo a prendere da solo quel benedetto quadro. Nel frattempo voleva terminare il suo secondo dipinto. Non aveva più ripreso il discorso con Raquel perché aveva deciso di spostare l'attenzione sulla vita di ogni giorno più che sulla sua esigenza di pittura.

Tornando aprì la porta, inserendo la chiave con una lentezza accomodante. Raquel lo aspettava all'entrata. Gli regalò un sorriso che sapeva già lo avrebbe reso felice per tutta la giornata. Le diede un piccolo bacio e sussurrò: «Credevi fossi fuggito?».

«No, no. Ma ho visto tutti i tuoi post it, ho letto il tuo biglietto e volevo dirti che ti amo, volevo dirtelo il prima possibile. Hai lasciato qui il telefono, altrimenti ti avrei chiamato!»

«È stato meglio così, si sarebbe sciupato questo nostro momento. Certe magie a spiegarsele si sciupano, è meglio viverle.» Patrick la baciò ancora, poi aggiunse: «Però volevo anche dirti che noi non siamo soltanto una notte».

«Lo so. Ricordi cosa ti ho detto la prima volta che abbiamo fatto l'amore, quando mi hai chiesto se ero stata bene?»

«Mi hai detto: "Io non voglio essere una notte, voglio essere la notte, e questo non so se a te piacerebbe sempre". Ma il biglietto l'ho scritto per esorcizzare la preoccupazione che potessi ripensarci.»

«Fare tutto come se ogni volta fosse la prima volta. Pensavo fosse impossibile e invece sta accadendo proprio a noi... Io ti amo... non ho mai smesso...»

«Sai cosa penso? Ci sono persone che, da quando si incontrano, incastrano le proprie vite come quel disegno che ti ho regalato, quello che ho fatto con la matita quando ero al liceo.»

«Quello con le due facce che dopo un bacio sembra quasi che si strappino, che non riescano a distaccarsi?»

«Esatto. Quando te l'ho regalato non avevo ancora compreso che quei due eravamo e siamo noi. Li avevo disegnati in un tempo in cui ancora non sapevo. Una donna ha l'esclusiva sui tuoi pensieri soprattutto quando non lo sa e l'esclusiva sulla tua anima molto prima che tu possa saperlo. Oggi so che è stata davvero un'intuizione fantastica. Non ero ancora in grado d'immaginare che, in rarissimi casi, due persone s'incontrano e, anche se si dividono materialmente per una qualsiasi ragione, restano incollate con la pelle e con i pensieri per sempre. Sono insieme la molla che scatta per riportarle sempre vicine. Sono la foto mai dimenticata. Restano aggrappate l'una alla vita dell'altra, a dispetto di tutto e di tutti. In ogni modo vada a finire, qualunque cosa accada, sono lontane dalle solite consuetudini. Sanno abitare una dimensione che nessuno sarà in grado di vedere se non la crede possibile. Il loro incontro condizionerà comunque tutto il loro futuro, senza via di scampo. Ecco cosa significa strapparsi un pezzo di sé e consegnarlo inconsapevolmente a un altro essere. Ogni donna si merita un uomo che diventi il suo elastico, che si tenda per raggiungerla e poi si fermi a guardarla vivere libera. Il punto massimo dell'amore è questo, l'ho sempre pensato. Se vuoi davvero una donna non la dimentichi, non ti arrendi e fai di tutto per la sua felicità. Non esistono valanghe di scuse né distanze insormontabili. Non ti basterà più il resto, pur avendo un'ampia libertà di scelta. Ogni donna merita un uomo che le dica ciò che ti sto dicendo adesso: "Voglio te perché senza di te non mi basta più niente".»

Patrick era felice, eppure gli risuonava dentro quel tormento del quadro.

Raquel, nonostante le bellissime parole che aveva appena ascoltato, avvertì una strana sensazione e domandò: «Che c'è? Qualche problema?».

«Ma no, che problema? Sono felice di stare con te, è stata una notte bellissima e non voglio pensare davvero a nient'altro ora.»

Sarebbe nostro diritto essere autentici, poter confessare i turbamenti, le idiosincrasie, i problemi, le paure. Troppo spesso però purtroppo rischiano di turbare il momento. Tenersele non è un bene, dirle può rovinare le cose. Sarà per questo che l'equilibrio è qualcosa di così tanto complicato? Per questo facciamo i conti con i nostri innumerevoli tentativi in bilico fra sicurezze e indecisioni?

Patrick si ricordò di quando da piccolo giocava con la livella del padre. Era un piccolo righello giallo che a metà aveva una bollicina d'acqua. Si divertiva a tenere la bollicina perfettamente a metà ma era davvero difficile farlo per troppo tempo. La conservava ancora, la livella di suo padre. La conservava in una piccola scatola che non apriva quasi mai per non sentire troppo la mancanza. Come se poi la mancanza non esistesse comunque, non si percepisse nelle sfumature, nei particolari. Doveva ancora cercare una casa. Non poteva di sicuro continuare a restare nel residence. Non aveva parlato con Raquel di futuro, non avevano "ufficialmente" mai abitato insieme, chissà come sarebbe stato. Non stava nella pelle al pensiero di poter finalmente posizionare quella panchina. Eppure pensò che non sarebbe potuto andare a vivere con lei senza confessarle che voleva tornare a vedere il suo quadro. Perché alla fine due persone sono come quella piccola livella. Ognuno deve camminare dalla sua parte per arrivare nella bollicina. Se uno dei due cammina per l'altro, la bollicina si sposta e viene meno l'equilibrio.

22

LA CASSETTA DELLE LETTERE

Patrick aveva terribilmente paura di perdere di nuovo Raquel, ma sapeva perfettamente che non sarebbe stato possibile stravolgere completamente la sua natura. Perciò prese coraggio e quella sera la portò a cena in un meraviglioso ristorante. Camminando per arrivare, tenendola per mano, iniziò a guardare il susseguirsi di quei piccoli lampioni con la loro luce giallo oro e tutti quei fiori in sequenza sui piccoli balconi. I lampioni erano uguali, i fiori erano tutti diversi, perché scelti da diversi occhi e piantati da mani differenti. Venezia di notte ti parla anche se non vuoi. Ancora non riusciva ad adattarsi a tutta quell'acqua eppure aveva scelto, scelto per amore. Quante volte scegliamo davvero, quante altre ci lasciamo scegliere dalle comodità? Non vi era nulla di comodo in quella scelta ma non aveva nessun rimpianto, nessuna incertezza.

Erano arrivati all'entrata del ristorante ma d'improvviso Patrick vide il Ponte di Rialto davanti a sé. Si ricordò, per deformazione professionale, che quel ponte inizialmente era in legno, che aveva subito ben due crolli nei primi secoli della sua esistenza e che era poi stato ricostruito a fine Cinquecento, di un altro materiale, fedele però alla sua linea originale. Così guardò Raquel e ripensò al gioco della livella.

«Devo dirti una cosa... ma non qui.» La portò esattamente a metà del ponte, in mezzo a tutta quella folla, quasi a scongiurare la preoccupazione che potesse sentire troppo bene quello che stava per dirle. Venezia ha una caratteristica precisa: le vie principali sono incredibilmente caotiche durante tutti i giorni dell'anno e per tutta la giornata, ma se solo ti infili in una piccola calle laterale ti sembra di entrare in un altro mondo e ti trovi immerso nel silenzio, non c'è praticamente nessuno, anche se a volte incontri una vecchietta che torna a casa con la spesa o vedi dei bambini che corrono in bici o giocano a palla in una piazzetta. Questo non fa che aggiungere poesia alla poesia e la mente scatta istantanee che resteranno dentro per sempre. Le prese le mani e disse:

«Voglio vivere con te. Trovare una casa dove mettere la nostra panchina. Vorrei però finire di dipingerti e vorrei che mi accompagnassi a riprendere il quadro che ho lasciato a Roma... Ho capito i miei sbagli ma non posso cambiare. Dipingere per me è un'esigenza e ho bisogno di continuare a insegnare Pittura. Tuo padre mi ha chiesto di aiutarlo con il residence ma io so che così non sarei felice, come non lo sono stato in tutto il tempo in cui avevo a Roma il mio lavoro ma non avevo più vicino te. So che dicendoti questo potrei perderti ancora, ma devo correre questo rischio. Desidero poter essere me stesso, perché soltanto così potrò sentirmi finalmente al sicuro. Prometto che non ti nasconderò mai niente, che ti dirò sempre tutto, a ogni costo.»

Raquel lo guardò negli occhi con uno sguardo calmo e abbastanza sereno.

«Va bene, Patrick. Finirai di dipingermi e ti accompa

gnerò a riprendere il quadro. Non ho mai voluto che abbandonassi i tuoi progetti, una persona che ci ama non potrà mai chiederci questo. Il problema non è occuparsi di una passione, il problema è trascurare tutto il resto per una passione. Farla diventare un chiodo fisso che oscura ciò che è intorno. Adesso andiamo a cena che ho fame!»

Patrick la strinse a sé come se si potesse stringere tutta la gratitudine possibile e avvertì in quel momento che Raquel era migliore di lui, che lo era sempre stata. Sentì che un cuore in forma non deforma ma trasforma in qualcosa di meglio il cuore degli altri, e d'improvviso anche lui si sentì migliore. Si sentì al contempo degno di questo amore, di questa possibilità. Forse non si era mai sentito così, come in quel momento, sebbene non stesse accadendo nulla di eclatante. Dall'esterno quella passeggiata per ritornare al ristorante poteva sembrare banale e invece era molto di più, sì, molto di più. Soltanto loro due sapevano, soltanto loro due erano testimoni silenziosi di un accordo interiore.

Patrick finalmente sapeva apprezzare le attenzioni di Raquel, perché non doveva più recitare il ruolo dell'uomo perfetto, perché non pensava più che il suo modo di essere fosse inadeguato, perché ciò che trovava in lei di così speciale se lo era meritato attraverso se stesso e la sua evoluzione. Dare per ricevere, prendere senza pretendere, smettere di infarcire con momenti insignificanti ciò che di davvero prezioso finalmente incontriamo e saperlo difendere. Poi sentirsi così, al centro, come la bollicina della livella di suo padre.

All'uscita del ristorante Patrick e Raquel erano sereni. Si tenevano per mano.

«Sai, Vince mi aveva consigliato di portarti a cena in

un ristorantino dietro al Ponte delle Tette. Mi ha detto che è un posto estremamente romantico.»

Raquel scoppiò a ridere: «Oh! Il maestro si fa prendere in giro da mio fratello e per una volta non mi fa da guida turistica».

Scoppiò a ridere anche lui: «Il nome in effetti mi suonava un po' strano!».

«Si chiama così davvero, se vuoi possiamo andarci, è vicino.»

«Va bene!»

In realtà Patrick era perfettamente a conoscenza del motivo per cui quel ponte si chiamava così.

La zona delle Carampane, dai primi del Trecento, era il quartiere a luci rosse di Venezia e le cortigiane, per attirare i clienti, si affacciavano alle finestre con il seno completamente nudo. Questa era l'origine di quel nome curioso. Tuttavia lasciò che Raquel gli raccontasse tutta la storia. Forse è da queste piccolissime sfumature che si percepisce un grande cambiamento.

«Ti porto un po' in giro per Venezia di notte, ti va?» esclamò entusiasta Raquel.

«Certo che mi va!» rispose Patrick, regalandole un sorriso.

«Sai cosa si dice di Venezia?»

«Cosa?»

«Si dice che abbia orecchie come le persone. Si dice che ascolti e non sia fatta per custodire segreti. Non a fin di male, però. Se glieli affidi, li rivela a fin di bene, attraverso questi vicoli, attraverso la sua storia.»

«Ci credo, lo sai? Guarda lassù.»

«Dove?»

«Lì, sotto a "Sestiere di S. Marco". C'è scritto "Ponte del Remedio".»

«Ah ah! Ma il significato è un altro...»

«Mi piace pensare che passarci sopra ci regali ancora un'altra occasione. Credevo ti piacesse questa nuova e inconsueta parte di me.»

«Infatti mi piace ma non mi ci voglio abituare, che poi svanisce.» Raquel gli strizzò l'occhio quasi a confermare la sua idea di magia. «I segreti a Venezia fremono per essere rivelati...»

«Allora proviamo a stare un po' in silenzio, vediamo che cosa ha da svelarci.»

Per un po' camminarono senza parlarsi. Fu Raquel a riprendere la parola.

«C'è un gatto che si aggira intorno alla chiesa di Santa Maria della Fava...»

«Santa Maria della Consolazione, intendi? Quella che ha la conchiglia in marmo sopra il portale d'ingresso. Si dice che Botticelli vide uscire una donna bellissima dalla chiesa e fu lei a ispirare la Venere, per questo l'ha poi scolpita dentro a una conchiglia.»

«Hai visto che la facciata della chiesa è incompleta e che le due nicchie sono vuote?»

«Allora... avrei un'ottima spiegazione per questo, ma sono certo che tu ne hai un'altra e preferisco ascoltare la tua.»

Raquel si spostò i capelli dal viso e sorrise.

«Quelle due nicchie ricordano la storia di Maria e Gregorio, lei proveniente da una ricca famiglia di commercianti veneziani, lui povero e pittore d'immagini sacre. Molto tempo fa, prima della costruzione della chiesa, qui sorgeva una chiesetta piccolina. Maria e Gregorio erano innamorati ma il padre di lei volle per forza darla in sposa a un uomo del suo stesso livello sociale. Dopo qualche tempo Maria per il dispiacere si ammalò, dopo poco morì e venne seppellita nel piccolo cimitero dove adesso c'è la chiesa che vedi. Si racconta che l'inverno successivo Maria tornò fra i vivi per capire chi davvero l'avesse amata. Andò dal suo sposo, poi da suo padre, da sua madre e nessuno la riconobbe. Infine andò da Gregorio e lui non solo la riconobbe ma l'abbracciò, in preda a un vortice di commozione. Nelle due nicchie della facciata esterna i parrocchiani, in ricordo del loro amore, vollero mettere le statue dei due innamorati che tuttavia, durante i lavori di ristrutturazione della chiesa, sparirono.»

«Per cui aleggia l'amore di Maria e Gregorio in quelle due nicchie?»

«Esattamente. Un po' come a dire che l'amore ha un suo spirito, che lo si mette alla prova con la memoria, con i ricordi. Non importa che non esista più nulla di materiale, fin quando esistono i ricordi, finché la memoria non ci abbandona, le persone e le storie continuano a vivere.»

«E il gatto? Mi hai parlato di un gatto, poco fa.»

«Ah! Bene! Te ne sei ricordato. Eccolo lì... guarda.»

Patrick incrociò gli occhi quasi umani di un gatto grigio. Restò a guardarlo per pochi attimi, sembrava chiedergli di seguirlo. Prese per mano Raquel, poi dovette lasciarla, per entrare in un vicolo strettissimo dove a malapena si riusciva a passare. Si voltò per riprenderle la mano e girandosi nuovamente il gatto non c'era più.

«Il gatto è sparito» notò Patrick.

«Succede sempre. Si dice che esista una cassetta segreta dove sono custodite tutte le lettere d'amore scritte e mai spedite. Si dice che questo gatto in realtà sia uno spirito che prova a condurre gli innamorati a riprendere le lettere e a consegnarle, anche dopo tanto tempo, ai rispettivi destinatari. Solo che nessuno ha mai trovato questa cassetta.»

«Ma finché esiste la memoria ciò che non ti ho detto posso dirtelo ancora...»

«Patrick, per noi funziona così, perché siamo fortunati. Per molte altre persone non sarà più così, perché non si può sempre porre rimedio a ciò che non è stato.»

«Ma qui siamo nuovamente vicino alla residenza. Venezia è incredibile. Permette a ognuno di perdersi a modo suo e, senza aver bisogno di chiedere indicazioni, di ritrovare la strada di casa. Al momento giusto, direi.»

«Finisci di dipingermi e poi andiamo a Santiago» esclamò d'un tratto Raquel.

«A Santiago?»

«Sì, vorrei andare a trovare mia madre e con l'occasione potresti visitare la mia terra. Da quando ci siamo conosciuti, da quando venni a Roma in Erasmus, sono tornata così poche volte a casa.»

«Allora a riprendere il quadro a Roma mi accompagni quando torniamo?»

«Certo, te l'ho promesso.»

Patrick ripensò quasi per tutta la notte alla storia delle lettere perdute. Si affacciò dalla finestra della sua stanza e fissando il cancello d'entrata gli sembrò di vedere nuovamente quel gatto. Era l'alba. Probabilmente era pieno di gatti simili ma si stupì di se stesso, del completo crollo della sua capacità di ridare a ogni episodio surreale una spiegazione razionale.

Forse in realtà tentiamo di rimuovere dalla mente tutto ciò che ci ha procurato sofferenza. La mente fin quando funziona è una fedele compagna, una brava alleata. Alcuni suoi black out sembrano arrivare per salvarci, per oscurare un trauma, un forte dolore, una parte di noi che vorremmo cancellare. Eppure per superare tutto questo è necessario ritrovare il coraggio della memoria. Spostò le tende lentamente per aprire la finestra e di nuovo vide il gatto entrare nel cancello e sdraiarsi sul pavimento di granito del cortile. Di corsa uscì per scendere a guardare e, arrivato davanti all'entrata, il gatto era un'altra volta sparito. Si chinò e vide una mattonella composta da tanti piccoli sassolini colorati. La toccò, si muoveva. La alzò con delicatezza e si accorse di una piccola cassetta delle lettere nascosta. Non era chiusa a chiave, aveva soltanto un piccolo gancio con una catenella. Patrick l'aprì e con immenso stupore vide che conteneva alcuni fogli da lettera, molti dei quali erano ormai consumati. Guardandoli lo colpì un insieme di foglietti pieni di cuori a metà. Iniziò a leggerli.

Non posso fare a meno di dirti che ti aspetterei se capissi che bastasse. Non ti ho poi sempre aspettato? Da prima d'incontrarti, intendo. Non ti ho sempre amata così, libera, densa di silenzi, di strade pericolose che se ci finisci dentro forse non ne esci più? Non sei forse l'unica adesso con cui non mi sento stretto? E quando mi finisce la tua anima addosso, le rare volte che ti scappa dal corpo, farei tutto il posto che conosco per farla restare con me. Sei tu che la riprendi sempre. Io adoro le stranezze e quando definisco una donna troppo normale non mi piace mai. Anche se mi accorgo di cose insolite le amo senza chiedere spiegazioni, perché o ti prendi tutto di qualcuno e ti lasci risucchiare come in una spirale fantastica o è meglio che passi oltre, senza fermarti. Un incontro a volte cambia le regole al tuo gioco preferito: respirare solitudine. Volevo dirti che sto bene in ogni posto ma non sono al posto giusto se non ci sei tu. Che ti regalerei anche i momenti estremi in cui ho bisogno di scappare dal mondo, quelli che sono aria per me, esigenza. E se ci perderemo, non ti perderò e non mi perderai. Perché alla fine io lo so e tu lo sai. Ci sono tramonti che non tramontano mai.

Vince

Ho sempre pensato che tutto dovesse ancora arrivare. Ho spesso pensato che la mia vita non fosse altro che una costante attesa e che forse era questo a tenerne insieme i pezzi. Avevo sempre qualcosa da raggiungere. Poi ho capito che non c'è niente di più felice che incontrare qualcuno e capire di non avere più niente da aspettare. Oggi ho fatto pace anche con la mia ostinata indipendenza. Non ho mai voluto limiti perché i limiti provano già a metterceli da fuori, è fondamentale non darsene da dentro. Oggi ho costruito un nuovo mezzo di trasporto, una grande bolla trasparente con cui girare il mondo a modo mio, facendo entrare solo chi e cosa desidero davvero. E potrei viaggiarci da solo, certamente, ma mi sembrerebbe uno spazio sprecato il mio mondo, senza qualcuno che entrasse a farne parte. Non è vero che non possiamo vivere senza qualcuno, a vivere viviamo lo stesso. È l'istinto di sopravvivenza, è la capacità che molti hanno di andare d'accordo con se stessi, di bastarsi. Assurdo che alcuni ce ne facciano una colpa, senza comprendere che non saper stare da soli non è affatto amore, è solo riempire dei vuoti a ogni costo. È la qualità della vita che conta, che si trasforma in base a chi abbiamo intorno. Bisogna scegliere di non andarsene per voglia e non per necessità. La mia bolla sarà arredata con più amore, da altre due mani oltre le mie. E guarderò cose che non saprei vedere senza due occhi in più per guardare. E camminerò su terreni sconosciuti, grazie a una vita con cui ideare ogni giorno una caccia al tesoro. Avrò più caldo o meno freddo a seconda dei momenti, avrò chi mi cambierà la musica alla radio mentre guiderò. Spegnerà l'aria, aprirà il finestrino, vorrà mettere ordine nel mio disordine, prenderà in giro la mia insofferenza fino a distruggerla. E io glielo lascerò fare, senza più pensare finalmente che abbia rubato il tuo posto. Questa è l'ultima lettera che scrivo per te.

Vince

«E così hai scoperto il segreto...»

Patrick si voltò di scatto e vide Miguel sorridergli e inginocchiarsi accanto a lui.

«Tutte le cose non dette di Venezia sono qui dentro?»

«Tutte le cose non dette di Venezia sono nei suoi vicoli, scorrono nel Canal Grande, bisbigliano nella notte, ti danzano intorno. La mia residenza si chiama Punto Feliz e ormai sai benissimo il perché. Così negli anni in molti mi hanno lasciato delle lettere mai spedite. Speravano che il destinatario potesse arrivare fin qui per lo stesso motivo e ricongiungersi con il mittente, anche solo per un saluto, definitivo ma sereno. Leggi questa...»

«Mi sembra brutto leggere lettere scritte per altre persone...»

«Fidati di me, leggila...»

Patrick iniziò a leggere e gli presero a tremare le mani così forte che quasi fece fatica a tenere dritto il foglio.

Avrai provato spesso la vera disillusione. La maggior parte delle persone ti dimostrerà interesse fin quando avrà la speranza di prendere qualcosa. Poi passerà oltre, tornando ogni tanto a sbirciare la tua vita per vedere a che punto sei. So che richiede molto allenamento capire questo. Non vogliamo accettare di non essere davvero unici come spesso ci dicono. "Arrivare al cuore di qualcuno" non è solo un modo di dire, si ha davvero bisogno di percorrere una strada. È una strada interna, strettissima, e può passarci soltanto una persona per volta. Questo è ritrovarsi insieme, alla fine: accorgersi che qualcuno ha smosso tutto il resto, rischiando di fare una gran confusione, cambiando le indicazioni per fare posto a noi. Ogni volta che avrai voglia di raggiungere il mio cuore, dovrai passare attraverso di me. Io lo renderò possibile. Ogni volta, per tutte le volte. Persino le volte che, aspettandoti, continuerò a fissare la mia strada vuota, le volte che deciderai di non venire più. Ti avrò comunque preparato un cammino di dolcezza silenziosa. Un giorno scoprirai un segreto nascosto dentro a un brivido. Ora non è il momento e domani forse sarà scaduto il nostro tempo. Ma scoprirai che la mia strada potrai percorrerla ancora tutte le volte che vorrai e ritroverai sempre tutto, di me, di te, di noi. Ti accorgerai di quante strade sbarrate è piena la vita ma avrai sempre la tua strada privata che arriva dentro me. Se non è questo l'infinito, poi cos'è?

Patrick

«Ma... com'è possibile?» esclamò Patrick sbalordito. «Non ricordavo di averla spedita. Cercavo Raquel disperatamente senza capire dove fosse. Com'è arrivata qui?»

«Smettila di chiedere sempre spiegazioni alla logica. La logica esiste ma esistono anche alcuni misteri. Qualcuno mi ha portato questa lettera e io l'ho messa nella cassetta.»

«Qualcuno, chi?»

«Lo scoprirai... Evidentemente Venezia ti aveva già preso in simpatia» aggiunse Miguel in tono scherzoso.

E involontariamente Patrick posò i suoi occhi anche su un altro piccolo biglietto:

Un giorno tutte le nostre parole torneranno a cercarci, a coprirci dal freddo. Un giorno capiremo sulla nostra pelle quanto abbiamo risposto, quanto abbiamo taciuto.

In qualche posto del mondo qualcuno conosce le parole esatte che vorresti sentirti dire, le parole che lanciate al cielo atterrano gesti.

Le stesse che ti dirò, per poi dirti ancora: "Non credermi finché non mi vedi davvero arrivare".

Poi gli saltò agli occhi uno stropicciato foglio di quaderno rosa e approfittando di una distrazione di Miguel se lo mise in tasca.

23

PARTENZE

Patrick finì il suo quadro nei giorni seguenti, senza neppure aver bisogno di chiedere più a Raquel di posare per lui. D'improvviso capì che non avrebbe potuto fare di meglio, che il quadro così com'era rifletteva esattamente la sua esigenza iniziale. Lo finì quasi di fretta perché tanto era l'entusiasmo per quel viaggio che persino le sue divagazioni e le sue stravaganze erano passate in secondo piano. Incontrò Vince per un caffè, per parlargli delle lettere segrete e per salutarlo prima della partenza.

«Ho letto involontariamente due tue lettere in quella cassetta e ne ho trovata persino una mia. Sembra quasi surreale questa cosa.»

«Siamo tutti legati da un filo, la vita è una trama come quella di un film. Finalmente hai chiuso il cerchio e hai capito anche chi sono. Ricordo bene quella lettera.

Io colleziono gioie, ma non ho mai finito un album. Ne mancava sempre una introvabile per completare il tutto. Ho provato a chiederla a pochissime persone, l'ultima gioia, ma poi d'improvviso, per tante ragioni, mi sono sempre stancato di aspettare. È stato sempre così: una collezione di gioie e l'ultima, quella che avrebbe chiuso il cerchio, sfumata nel tempo. Allora ho pensato che andarmene via sempre un attimo prima della fine sarebbe stata l'unica soluzione possibile per non soffrire più. Ma ci sono tanti modi di star male, e uno è di sicuro rinunciare. Ho avuto sempre la brutta sensazione che non sarei stato mai l'ultimo amore di una donna. Sembrava sempre che attraverso di me capissero soltanto cose utili per le loro relazioni future o per tornarmi a cercare fuori tempo massimo. Chiamala punizione, maledizione, vocazione. Un tempo compresi che esiste un dolore più intenso di quello che provi quando non ti senti dire le parole che vorresti, è quello che senti quando le stesse e tanto attese parole arrivano ormai tardi e non hanno più senso.»

«È così. Che sia stata colpa tua oppure no, nel bene e nel male, non puoi fare più niente, niente cambia le cose. I ricordi sono gioie al rallentatore e non sono più reali. Ma se ami ciò che hai perso più di ciò che avrai, non troverai più niente a cui tenere.»

«Non ho mai avuto l'indole di chi rincorre, Patrick. Ho sempre lasciato andare chi non aveva voglia di restare. Mi allontano da chi si allontana, da sempre. Mi sembra una tattica così sciocca provare ad andarsene per vedere chi ci viene dietro. Preferisco chi resta per capire se anch'io resto e faccio sul serio. Bisognerebbe mettere alla prova così chi dice di amarci. Bisognerebbe dargli la possibilità di rendere concrete le nostre parole. Però ho saputo aspettare da lontano, aspettare anche ciò che non è arrivato mai. Oggi invece non voglio più attendere nessuno, voglio qualcuno che aspetti me. Qualcuno che non deluderò perché, nel momento in cui mi vorrà, sarò già là. E ho messo via anche tutta quella gran paura di perdere le persone. Nel tempo ho imparato a credere in un pizzico di fatalità. Non è necessario tenersi stretti, solo prendersi cura dell'essenziale e l'essenziale è semplicemente ciò che non siamo disposti a perdere.»

«L'essenziale rimane. Queste tue parole mi hanno ricordato una mia vecchia considerazione di molto tempo fa. Ogni tanto mi sembra di aver vissuto due vite, di essere rinato.»

«Vieni qui, abbracciami e cerca di rilassarti in questo viaggio. Santiago ti piacerà per tantissime ragioni. La prima è di sicuro che i luoghi cambiano d'importanza e persino di bellezza in base alle persone con cui ci andiamo.»

«E se bastasse camminare, come si arriva nei luoghi, per arrivare nel cuore delle persone...»

«Si potrebbe recuperare tutto ciò che trascuriamo, perdiamo e poi rivogliamo quando è troppo tardi.» Vince sorrise. «In un mondo pieno di incontri mancati cerchiamo tutti ancora un incontro a cui non mancheremmo per niente al mondo. Ma non è questo il tuo caso, perché a te la vita ha fatto lo stesso regalo due volte.

Sai, Patrick, conoscersi è scomodità. È tenere la mente aperta per far sì che l'altro possa saltarci dentro, niente divani bianchi, niente certezze. Nessuno ci ha mai garantito che basterà la volontà, che tutto andrà bene e che stavolta sarà semplice. D'improvviso si avrà semplicemente la voglia di provarci ancora, senza garanzie. C'è uno spazio incontaminato nel cuore di ognuno, una terra selvaggia, difesa per paura che venga occupata e distrutta. C'è una mappa di luoghi segreti e solitari dove si sfiderà la sorte per arrivarci con qualcuno. Al cuore non sembra più un pericolo ciò per cui vale la pena rischiare.»

«Grazie, Vince, di tutto, per tutto...»

«Sì, ma non esagerare, poi mi commuovo. Ora vai, che prolungare i saluti peggiora sempre le cose.»

I due amici si abbracciarono e Vince gli disse nuovamente: «Ti ricorderai che ogni partenza è perfetta, ma ogni ritorno ti fa stare bene solo se hai qualcuno che ti aspetta».

La frase di Vince risuonò nella mente di Patrick per tutto il tragitto.

Era la prima volta che tornava in aeroporto.

L'ultima volta era così confuso, però aveva visto Raquel, seppure senza riconoscerla, e adesso stava partendo con lei. Chi l'avrebbe mai detto? La vita è imprevedibile. Erano in fila al check in e gli sembrò di ripercorrere a ritroso il suo cammino fino a quel momento. Da Roma a Venezia per amore, dimenticandosi di esserci arrivato per amore. Ora ripartire nuovamente con in tasca un biglietto e lo stesso principio d'amore aveva in sé qualcosa di meraviglioso.

«Allora, amore, sei pronto?» Raquel dopo tanto tempo lo aveva chiamato "amore" ma una strana confusione, mista a un insieme di presentimenti, non gli permise di notarlo. Guardava e riguardava il suo biglietto.

«Patrick, che c'è?»

«Eh? Niente, niente, non ricordavo più dove facciamo scalo.»

«A Barcellona. Ma siccome ci sei già stato ho evitato che ci fermassimo a dormire lì una notte. Volevi passare un giorno a Barcellona?»

«Ma no, figurati...»

«Patrick, sei strano, c'è qualcosa che non va? Se non ti va di partire basta dirlo.»

«Ma no, non ho niente, sono solo un po' agitato e non so il motivo. Sono felicissimo, stai tranquilla, se ci fosse qualcosa te lo direi.»

Patrick aveva continuato a pensare ossessivamente al

quadro lasciato a Roma, eppure per un momento questo era diventato l'ultimo dei suoi pensieri. Quando l'aereo decollò prese la mano di Raquel e la strinse forte, quasi dovesse essere l'ultima volta. Non vi era alcun motivo per preoccuparsi, era solo un volo come tanti altri che aveva preso. Pensò fosse tutto legato alla disavventura della sua perdita della memoria. Tentò di concentrarsi come se temesse di poterla perdere nuovamente. In fondo ci sono tanti modi per dirsi addio, dimenticarsi di qualcuno è probabilmente il modo peggiore di farlo. Perché, se quando perdiamo qualcuno, continua a tenerlo in vita il profumo del ricordo, senza memoria non esiste più neppure il ricordo, perciò scompariamo, ed è quello l'istante in cui moriamo davvero. Guardò Raquel con la stessa intensità della prima volta. Il principio e la fine coincidono sempre, è tutto ciò che c'è nel mezzo che spesso trascuriamo, fino a perderlo per poi rivolerlo. Gli passarono davanti dei flash di alcune conversazioni fatte con Miguel, di quando gli aveva detto che "amare qualcuno è innamorarsi ogni giorno delle piccole rughe sugli angoli della bocca nate dai sorrisi condivisi". Ora Raquel sorrideva ed era bellissima. Aveva il sorriso più bello che avesse mai visto in tutta la vita. Un meraviglioso sorriso che metteva paura. Sì, quel miscuglio di gioia e paura che proviamo ogni volta che una persona ci cambia la vita: non è possibile disfarsi di una delle due parti. Siamo completamente indifesi dinanzi a un sentimento folle, la stessa persona che può guarirci può massacrarci, la stessa persona che può salvarci può ucciderci semplicemente andandosene. Forse molti per questo rinunciano dopo il primo vero dolore. Non ce la fanno più a rischiare un volo d'amore. Non ce la fanno a rischiare tutto per un sorriso. Pensano che esistano cose di gran lunga più importanti di una storia d'amore. Poi d'improvviso hanno la sensazione, a torto o a ragione, di non avere più altro tempo. Allora si accorgono in un momento di ciò che è estremamente importante e di ciò che non sono stati in grado di provare fino ad allora e che forse non potranno provare mai più. Spiegarsi alle volte più che discorsi richiede ali. E quel raro innesto preciso che chiamiamo empatia è un volo d'amore. Raquel aveva sulle unghie uno smalto verde petrolio. Si fissò a guardare le sue mani, soffermandosi con gli occhi quasi in tutte le pieghe. Non voleva perdere neppure un millimetro della sua pelle e l'obiettivo che aveva impresso negli occhi era amarla nello stesso identico modo di quello descritto ai suoi allievi, prima di lasciare per sempre la sua città e trasferirsi, più che in un altro posto, in un altro cuore.

«Mi fai il solletico!» esclamò Raquel, dandogli un piccolo calcio sulle gambe. «Sei un po' agitato. Dormi, riposati. Tanto dubito che non ti accorgerai dell'atterraggio.»

«Allora mi perdonerai se ti dico una cosa, potrai anche fare finta di dimenticarla se ti sembra eccessiva.»

«Eccessiva? Sono pronta...» Raquel sorrise.

«Tu sei il controsenso dei "mi piaci da morire", dei "sei la fine del mondo", perché tu sei l'*inizio del mondo che vorrei e mi piaci da vivere*.»

«Farò finta di dimenticarla. Però avvicinati.» Patrick si avvicinò e Raquel gli sussurrò in un orecchio: «Anche tu mi piaci da vivere!».

Patrick ne approfittò per appoggiare la testa sulla sua spalla, chiuse gli occhi sempre stringendole le mani e pensò.

Ogni tanto mi chiedo se sai che una vera scelta è quando siamo liberi di prenderla e riprenderla fra tante scelte, altrimenti è solo ciò che capita. Ogni tanto mi chiedo se sai cosa vuol dire incontrare un uomo che rischierebbe tutto quello che ha per stare accanto a qualcuno. Ogni tanto mi chiedo se sai che quel qualcuno sei tu.

Poi si addormentò e si risvegliò nella stessa posizione.

L'aereo era atterrato. Non era avvenuta alcuna catastrofe.

24

INCONTRI E DISTANZE

Dopo lo scalo, un altro aereo li portò a Santiago.

«Sono troppo entusiasta, Patrick, prima di posare le valigie ti porto subito in un posto, vuoi?»

«Certo che voglio! Sono così felice di poter finalmente condividere tutto questo con te.»

«Ok, allora dovrai vedere il posto solo quando arriviamo.»

«E come si fa?» sorrise Patrick.

«Ti bendo!» Raquel legò due fazzoletti fra loro e bendò Patrick in modo che non potesse più visualizzare nulla durante il viaggio in taxi. La brusca frenata gli fece intuire che erano giunti a destinazione. Raquel pagò la corsa e gli tolse la benda. Patrick si trovò dinanzi all'accesso medievale alla magnifica Praça do Obradoiro, la piazza della Cattedrale di Santiago. C'era tantissima gente. Raquel lo baciò e gli disse: «Dobbiamo camminare un po' perché la cattedrale è meravigliosa e la vedremo insieme, ma prima devo portarti in un altro posto!».

«Va bene!» Patrick sorrise. «Portami dove vuoi! Ho solo un po' di sete.»

«Laggiù c'è un bar anche molto carino.»

«Sembra quasi surreale. Un bar che spunta fuori dal nulla.»

«Santiago è un po' magica, come Venezia, guarda qui!» Raquel gli indicò un piccolo muretto in pietra con tante monetine appoggiate sopra.

«Cosa sono tutte queste monete?»

«¡*Buena suerte!* Significano questo!» Poi lo prese per mano ed entrarono nel bar. Raquel, avviandosi verso la cassa, si ritrovò davanti agli occhi Vivien, e quasi incredula, riconoscendola, la salutò.

«Vivien?»

«Raquel. ¡*Encantada de verte!*»

«¿*Qué tal?*»

Patrick altrettanto sorpreso la salutò e le disse: «Incredibile! Non ci si incontra per mesi e mesi nello stesso condominio e ci si incontra per caso così, a chilometri e chilometri di distanza».

«È vero, è strano, però io sono tornata a vivere qui!»

«Sediamoci un attimo e prendiamoci qualcosa da bere, che dici?»

«Ma non vorrei disturbarvi!»

«Ma no, che disturbo!» la rassicurò Patrick.

«Siete venuti per visitare insieme questa splendida città, immagino!»

«Sì, ho colto anche l'occasione per venire a trovare mia madre, era tantissimo tempo che anch'io non tornavo qui.»

«Sono stata a Venezia, non so se lo sai.»

«Sì, lo so, Vince me ne ha parlato...»

Raquel e Vivien si fissarono e tra loro era come se l'immagine di Vince prendesse forma. Patrick capì e desiderò lasciarle parlare tranquillamente. Trovò un pretesto per allontanarsi.

«Scusatemi, intanto vado a dare un'occhiata rapida alla cattedrale. Quasi dimenticavo di dirti una cosa importante...» aggiunse rivolgendosi a Vivien. «C'è una vecchia lettera per te, una vecchia lettera di Vince. Una lettera che non ha mai potuto spedirti. Se un giorno tornerai a Venezia, vieni a prenderla. L'ho trovata per caso in una cassetta vicino al Punto Feliz. Credo si possa affrontare più serenamente una separazione quando non ci sono rancori. Una volta Vince mi disse che perdonarsi è scegliere di donarsi ancora.»

«Quando tornerò la leggerò, Patrick, grazie.»

«Allora intanto vado!»

«Va bene, amore, fra poco ti raggiungo!» disse Raquel.

Patrick si allontanò per avvicinarsi alla basilica, affascinato da quella fusione di gotico, romanico e barocco. "Che incanto..." pensò. Fermo sulla soglia rimase immobile a guardare tutte quelle persone che pregavano. Sentì dei tuoni in lontananza ma non ci fece troppo caso. Entrò. Non si era mai sentito in colpa di non avere fede. Aveva grande rispetto per ogni idea ma l'unica religione possibile per lui era la capacità di amare disinteressatamente qualcuno. Amarlo a prescindere da come potessero andare le cose, amarlo per la sua felicità. "Quante persone sono capaci di questo amore?" si chiese. Di amare per veder stare bene, gioire solo della presenza di un altro essere umano. Due ragazzi si alzarono dopo le preghiere, avevano il viso composto e sereno. Per un attimo pensò che anche se ogni cosa nella vita fosse stata un'illusione, a qualcosa era pur necessario credere. Se non si crede in niente la vita perde il suo senso molto prima di finire. Restò attonito nel vedere la statua di san Giacomo in mezzo all'altare. In quella cattedrale densa di pace c'era la statua di Santiago Matamoros, "ammazzamori". *Come può essere santo*, pensò, *un giustiziere di vite?* Tutte quelle guerre in nome di una qualche divinità non le riusciva proprio a giustificare, riusciva però a comprendere che ci crediamo troppo spesso giusti, con delle buone ragioni, e in nome di queste buone ragioni commettiamo ingiustizie contro chi è diverso da noi.

Guardò l'orologio. Si era probabilmente trattenuto troppo fra visioni e pensieri. Uscì, era quasi buio ma soprattutto pioveva fortemente. Patrick cercò riparo e chiese informazioni, perché non riusciva più a riconoscere il bar che probabilmente aveva tolto in tutta fretta i tavolini esterni. Finalmente glielo indicarono e ritornò nel punto in cui aveva lasciato i bagagli, ma non vi era più l'ombra di nessuno, né di Raquel né di Vivien. Lo colpì d'improvviso, come fosse un uragano nel cervello, un'angoscia abissale. Non sapeva come fare a rintracciarla. Cercò in tasca il telefono ma non lo trovò. Pensò che forse gli era caduto nel taxi ma non aveva con sé neppure la ricevuta per tentare di ritrovare il tassista e controllare. Non conosceva l'indirizzo della madre di Raquel né tantomeno aveva avuto modo di chiedere il posto dove sarebbero andati a dormire. Mentre continuava a piovere pensò che avrebbe dovuto trovare un computer per poter cercare il numero di Punto Feliz. Magari Miguel sapeva dove abitava l'ex moglie. Sarebbe stato già qualcosa arrivare dalla madre di Raquel. Era spaesato ma lucido.

La pioggia smise di venir giù in modo eccessivo e Patrick si addentrò fra le vie in cerca di un posto da cui effettuare le sue ricerche. Intravide una struttura illuminata con un cancello di legno all'esterno, una grande vetrata, delle piccole scale e un piccolo giardino. Lesse la scritta, *Rosa Rosae*, probabilmente un bed&breakfast. Entrò e maledisse il momento in cui non si era davvero dedicato a imparare lo spagnolo, quando Raquel voleva insegnarglielo. Tuttavia riuscì a farsi capire. Prese una piccola stanza all'ultimo piano, una mansarda con una finestra sparata sul cielo. Rimediato il numero di Punto Feliz, pensò fra sé e sé: "Dirò a Miguel che aspetterò qui Raquel, che può venirmi a prendere qui, tutto si risolverà per forza".

Per fortuna in tasca aveva ancora il portafogli con i documenti e la carta di credito, altrimenti sarebbe stato veramente un bel caos. Provò a telefonare ma non rispose nessuno. Guardando il cielo da quella piccola finestra, un cielo leggermente schiarito dopo la pioggia, ebbe una strana e spiacevole sensazione. Seduto sul letto con i gomiti sulle ginocchia, rannicchiato su se stesso, ci mise un po' a definirla. D'improvviso lo assalì un dubbio atroce: e se Raquel se ne fosse andata volontariamente? Se fosse sparita perché non aveva avuto il coraggio di dirgli che non voleva vivere con lui, che non le interessava andare con lui a prendere il quadro, magari turbata dalla sua ostinazione a non riuscire del tutto a distaccarsi da certe piccole stranezze? C'è un momento magico in cui le energie magnetiche di due persone confluiscono nel punto di massima attrazione. Se non si stringono, si perdono. Era forse questa allora la sua punizione? O forse poteva essere ancora peggio. E se tutti avessero recitato una grande commedia? Se si fossero messi tutti d'accordo per fargliela pagare? Tutti: Raquel, Miguel, Vince e persino Vivien, che non certo per caso si trovava a Santiago.

Patrick riprese a telefonare a Punto Feliz in modo quasi compulsivo per qualche minuto. Poi la sua lucidità lo abbandonò completamente e crollò in un sonno improvviso, post-traumatico.

Se solo tu potessi davvero voltarti per guardare indietro ti accorgeresti di milioni di persone che non ti hanno mai visto e non ti volteresti più. Devi guardare avanti per vedere un volto che riconosci, e non indietro. Quel che è rimasto indietro ha smesso di riconoscerti, quel che è rimasto indietro non voleva guardarti abbastanza.

La mattina dopo si fece prenotare un volo per Roma scegliendo di non telefonare più al residence. Non voleva sentirsi addosso la sensazione di abbandono e di profonda delusione avvertita la sera precedente. Raquel aveva scelto il modo peggiore per fargliela pagare, ormai ne era sicuro.

Telefonò a Luca, il suo amico d'infanzia, chiedendogli la cortesia di passarlo a prendere in aeroporto e gli raccontò brevemente l'accaduto, ma senza perdersi in troppi dettagli. Salì sul volo per Roma in maniera quasi meccanica. Riusciva a guardarsi dal di fuori, in preda a un equilibrio instabile, a un senso di vertigine. Fissando l'ala scosse la testa e fece dei rapidi sospiri. Si alzò per andare in bagno e si rivide sull'aereo per Venezia come fosse un terribile incubo. Ripiegò il cuore e lo mise via, come si fa con un portafogli vuoto da cui non puoi più prelevare niente. D'improvviso gli cadde in terra, come un'extrasistole selvaggia, e si sbrigò a raccogliere tutti i pezzi per paura che qualcuno ci si avventasse sopra e li mangiasse con quella crudeltà che polverizza e dilania i buoni sentimenti. Era bravo a far questo, fin da bambino. Assurdamente i pezzi li ritrovò tutti, lo ricompose e lo ricollocò nell'insenatura da cui era caduto. Dall'esterno sembrava un cuore normale, di tutto rispetto, ma non batteva più. Appena vide l'amico a Roma, in aeroporto, gli si buttò al collo come un bambino e lo abbracciò per qualche minuto.

«Cosa è successo? Mi sembra così assurdo quello che mi hai raccontato...»

«Invece è vero, purtroppo. Sei più entrato in casa mia?»

«Sì, certo, ogni tanto sono andato a innaffiarti i fiori e a far prendere un po' d'aria alle stanze. Poi c'è quel panorama bellissimo. Ma perché te ne sei andato, mi chiedo.»

«Ogni tanto me lo chiedo anch'io ma lo rifarei, nonostante tutto.»

«Ti ho tenuto tutta la posta, appena arriviamo te la guardi. Ma cosa cavolo è successo?»

«Raquel è sparita dopo pochissimo tempo che eravamo arrivati a Santiago. Ti racconto ogni cosa stasera a cena, ora ho solo bisogno di un attimo per riprendermi. Ti chiedo un'altra cortesia, posso dormire da te stanotte? Non me la sento di stare a casa mia.»

«Certo che puoi restare, non c'è neppure da chiederlo!»

«Senti, sei mai entrato in soffitta a vedere il quadro?»

«Sinceramente no! Sarà rimasto lì, nessuno lo ha toccato. Mi avevi chiesto di non spedirlo insieme alle altre cose che ti ho mandato, e così ho fatto. Domani, se vuoi, prima di andare al lavoro ti accompagno io a casa.»

«Sì, direi che è perfetto!»

«Dove vuoi andare a cena? Dovevo uscire con una ragazza che sto frequentando in questo periodo ma capirà, spero.»

«Puoi portare anche lei se non le scoccia, non ci sono problemi. Prima però accompagnami per favore a ricomprare un telefono.»

«Ma certo.»

25
I LUOGHI DEI RICORDI

Patrick era visibilmente affranto e guardò dal finestrino della piccola Smart dell'amico la sua Roma passare in velocità, come tutta la sua vita fino a quell'istante. Forse le fotografie, i quadri, i libri, la musica hanno in sé l'illusione di fermare i momenti, ma non c'è nulla da fare. L'intera somma dei ricordi non ci restituisce neppure un secondo di presente. Di fronte a certe evoluzioni non possiamo fare niente, e neppure provare a difenderci serve. È tutto un fluire continuo. In tutto questo scorrere qualcosa resta. Ciò che è finito prima o poi cambia dimensione, viene chiuso in un cassetto, l'immaginazione ci frega, invece. È ostinata, sfrontata, è una curva spericolata che sbagli per un secondo e ti fa finire su una strada dissestata. Così ti fermi e guardi dall'alto la felicità, sapendo che è laggiù ma non sapendo più come arrivarci. Eppure spesso la fine di una corsa è solo l'inizio di qualcos'altro.

L'auto passò davanti al piccolo luna park e Patrick chiese a Luca di avvicinarsi alla ruota panoramica dove da piccolo si faceva portare da suo padre.

«Dovrei fare tutto il giro, arrivare su viale Libia... aspetta, mi avvicino a marcia indietro.»

In terra c'era un mucchietto di foglie e la ruota girava illuminata. Patrick chiese il telefono in prestito per fare un piccolo video, mentre la radio trasmetteva una canzone di Ligabue.

Luca ripartì e Patrick vide sfumare il suo sogno di vita, esattamente come quando ci si accorge, di colpo, che tutti gli anni più belli sono trascorsi in un baleno.

Quel che è perduto è perduto, non si può far niente il più delle volte. Ci si arrende quando si è stanchi di combattere. Ci si arrende per disperazione e non per debolezza. Ci si arrende perché è l'unica soluzione avvicinabile, l'unica volta che per vivere è necessario indietreggiare, farsi da parte. L'unica volta in cui davvero "Non è tempo per noi".

Poi Patrick ripensò a Raquel.

Magari sei uno dei miei soliti sbagli che adesso si è vestito da testarda occasione. Sono quelli che io chiamo gli "errori di felicità". E forse un giorno smetterò di cercare nell'aria il profumo dei tuoi occhi. Ti penserò solo come una non adatta a me. Forse.

A cena alla fine andarono solo loro due. Patrick inizialmente non disse una parola, era completamente immerso nei suoi pensieri. Si guardava intorno in quel bellissimo ristorante di Ponte Milvio dove tante volte era stato anche con Raquel. Ci sono luoghi che feriscono, luoghi che tradiscono, luoghi che ti prosciugano la forza rimasta. Sono luoghi ormai irraggiungibili. Sì, perché non esistono luoghi irraggiungibili di per sé, ma esistono luoghi che possono essere raggiunti solo attraverso lo sguardo di qualcuno. Senza quello sguardo, gli stessi luoghi non esisteranno più.

C'erano gruppi di amici nel ristorante, ragazze sole che brindavano sorridendo, lusingate e scocciate al tempo stesso da qualcuno che si avvicinava per offrire da bere e fare qualche complimento. Iniziò passivamente ad ascoltare i discorsi della gente. Prima si soffermò sui discorsi di due ragazzi seduti al tavolo alla sua destra: «Sei innamorato di lei?».

«Non lo so ma ci penso spesso. Cos'è essere innamorati poi? Nella vita non penso che tutto si possa definire. Se mi dicessero: "Scegli un posto nel mondo dove vorresti andare adesso"... io sarei con lei fuori da un aeroporto e soltanto respirare la sua aria, anche solo per un giorno, mi ricaricherebbe d'ossigeno per un mese di impegni lontani. Non lo so ma so che esiste una complicità a volte fra due vite, arriva e non la perdi più. Non saprei spiegarlo. Non passa. Magari poi t'innamori ancora ma non passa. Il pensiero si posa come un petalo di rosa sulla mia mente, mentre il giorno tutto mi pressa dall'esterno, poi la notte quel silenzio parla quanto un discorso di mille pagine. È questo essere innamorati per te? Quante forme d'amore esistono a cui non saprai dare spiegazione? Il fatto che non le spieghi le cancella? Io penso di no.»

"Cos'è essere innamorati poi?" rifletté Patrick tra sé sulla domanda ascoltata.

«A che pensi?»

«Ascoltavo i discorsi di quei due ragazzi. Sai, la prima volta che baciai Raquel lei mi disse che una donna permette a un uomo di toglierle il rossetto appena messo solo se si innamora. Io le risposi: "È anche vero che un uomo innamorato toglierà il rossetto a una donna ma non le toglierà mai il sorriso". Lei sorrise. Sorrideva, sorrideva sempre. Allora le dissi: "Amerò tutta la vita una donna che sarà un ripetitore di sorrisi". Oggi la penso ancora così. È una delle poche volte in cui oggi la ricordo davvero felice accanto a me. Non so se avrò il coraggio di tornare in quei luoghi per un po'.»

«Ci tornerai, Patrick, passa sempre tutto. Anche i desideri più grandi vanno a tempo. Se non li afferri mentre sono in volo, cadono in pezzi. Tu le hai offerto tutto quello che una donna può desiderare.»

«Forse dall'esterno poteva sembrare così, ma non lo è. Ho perso la malsana abitudine di definire tutto. Tu cosa penseresti di noi, di me e di te, se ci guardassi dal di fuori?»

«Che siamo due amici che cenano e che la serata non è delle migliori. E guarderei, per esempio, queste due ragazze accanto, per ritirarci su il morale!»

Patrick si girò verso sinistra e lo colpì la voce di una ragazza che stava animatamente parlando con la sua amica: «E smettila di pensare che tu sia sempre troppo poco, forse sei troppo, invece. Forse sai offrire ciò che tutti dicono di volere ma poi ne hanno paura. Sei la persona che sa prendersi davvero cura di un'altra persona, anziché essere chi ti sbatte in faccia il solito *tu meriti il meglio* quando il meglio poi a te non è disposto a offrirlo».

«In pratica ogni conversazione che ascoltiamo intorno a noi ha come soggetto l'amore. L'amore è il soggetto primario di tutte le nostre giornate. Soltanto uno sciocco non comprende che non si vive senza, si sopravvive appena.»

«Vado un attimo in bagno, Patrick. Beviti un altro bicchiere di vino, questo Gewürztraminer è eccezionale!»

Tornarono a casa non molto tardi e Patrick, sdraiandosi a fine serata sul divanoletto dell'amico, immaginò quella come la prima di una serie di notti tutte drammaticamente tristi e uguali. Guardò immobile un punto fisso del soffitto e pensò:

La libertà che tanto ho difeso l'ho impacchettata per regalarte-
la. Sapevo che non l'avresti presa, che non me l'avresti tolta.
Ecco perché proprio tu. Chissà quanto tempo dovrò aspettare
per riprovare una certezza così. Che poi alla fine non mi man-
chi tu, tu ci sei uguale. Mi manca la parte migliore di me che
ho lasciato dentro di te e che non ne vuole sapere di tornare.

26

SCONTARE LA MERAVIGLIA

Il mattino seguente Patrick si svegliò presto, fece colazione con Luca e insieme uscirono. Entrati in macchina Luca disse: «Vuoi guidare tu per svegliarti?».

«No, no, guida tu, preferisco.»

«Sai che cos'è che non deve mai mancare nella vita di un uomo? Una storia da raccontare. Tu ce l'hai. Solo per questo si potrà dire che hai davvero vissuto.»

«Tutti hanno una storia da raccontare. E poi se la racconterò mi faranno sempre domande a cui non saprò rispondere...»

«Noi meritiamo ciò che crediamo di meritare.»

«Quindi io mi merito questo?»

«Lo meriti, per te?»

«No...»

«E allora più semplicemente non era la tua storia. Non era scritta. Certe cose non sono scritte per noi se vanno in un determinato modo. Perché interrogarsi oltremisura? La vita è fatta di esigenze semplici. Siamo noi che complichiamo la semplicità.»

Arrivati davanti al portone Patrick scese dall'auto, salutò l'amico, si guardò intorno, attraversò la strada ed

entrò nel bar dove quasi ogni mattina aveva fatto colazione per anni, frastornato fra le note di *Piccola stella senza
cielo* del Liga. Quella canzone, la preferita di Raquel, gli
risuonò quasi a rilento, come un disco che gira al contrario. Spesso avevano guardato insieme il videoclip musica-
le, girato a Venezia. Chiese un cappuccino come se niente fosse successo, con zero voglia di parlare, raccontare,
spiegare. Se fosse stato possibile essere invisibile avrebbe soltanto voluto diventarlo.

«Buongiorno. Bentornato!» disse il barista per niente
sorpreso, dopo mesi che non lo vedeva.

«Buongiorno a te, grazie!» rispose.

"Meno male, almeno non fa domande!" pensò con un
misto di sconforto, amarezza e vergogna. Vergogna di
cosa, poi? Quasi come se gli si potesse leggere in faccia
tutto l'accaduto e apparisse grottesco, la caricatura di
un uomo stroncato in vita da qualcosa di inconcepibile.
Non aveva più con sé neppure le sue tristi risate in cui
nascondersi, non le conosceva più, le aveva abbandonate nel primo volo Roma-Venezia.

Tornò a immergersi nei suoi pensieri, con il suo cappuccino in mano, pensando a Raquel.

*Sai cosa ricorderò sempre di te? Quel tuo modo timido e dol-
ce di riempire ogni cosa. Tu non lo sai, ma quando entri riem-
pi tutta una stanza con la tua presenza. Tutto il resto scompa-
re, resti solo tu, persino in un ambiente senza pareti. Avvolgi
ogni cosa: il cuore, la mente, il corpo, i sensi e il respiro. Io che
non credo nel paradiso l'ho anche abitato per qualche istante. Poi quando vai via tutto si svuota e si torna alla vita. Posso solo dirti grazie per questo, per questo piccolo e magnifico
spiraglio d'immenso.*

Di colpo sentì due mani sugli occhi, le toccò restando immobile, con la canzone in sottofondo, e sentì una voce cantare le stesse parole che uscivano dal televisore.

Si voltò, come un bambino in balia di una gondola immaginaria, perso nel tempo, e vide Raquel, la vide donna, in fuga dai dolori, ma anche bambina, come il video della canzone, come l'attesa che gli sembrò d'improvviso così lunga e priva di tempo, quell'attesa snervante com'è quella degli abbracci mancati, dei baci mai dati, quell'attesa originaria, radicata dal principio nella natura umana, quell'attesa d'improvviso finalmente colmata che gli permise di scorgere, di riconoscere la bellezza in mezzo alla miseria di una terra desolata. Nessuno può forse credere che gli occhi siano capaci di trasformarsi in fiori e seccarsi dopo essersi allagati di pioggia, sabbia, terra, disincanto, tristezza, frustrazione, delusione, inganno e sconforto per poi rinascere. Così la guardò come per dirle quel che aveva pensato un attimo prima di rivederla, che la sua presenza era preziosa, che con la sua presenza sapeva riempire fuori e dentro ogni cosa.

«Ti ho perso fra la folla, non sapevo come fare. Sono entrata a cercarti nella cattedrale ma non c'eri, l'ho girata tutta, poi sono ritornata al bar, sperando che tornassi lì.»

«Dopo il giro in cattedrale sono uscito per ritornare da te al bar, però ho sbagliato direzione. Ho cercato il telefono ma dev'essermi caduto in taxi. Quando ho ritrovato il bar non c'era più nessuno, non c'eri tu né Vivien. Poi ho telefonato a Miguel da un piccolo bed&breakfast dove ho dormito e non rispondeva mai nessuno, così ho pensato che mi avessi lasciato lì di proposito e ho deciso di tornare a casa mia.»

«Pioveva a dirotto, quando siamo uscite dal bar. Così con Vivien ci siamo sedute in una piccola osteria di fronte.

Ho provato a chiamarti al cellulare ma era spento. A Punto Feliz non ti ha risposto nessuno perché Enrique è stato male, lo hanno portato al pronto soccorso per sicurezza, sono rimasti lì tutta la notte. Vivien mi ha aiutato con i bagagli. Sono andata da mia madre, ho telefonato a papà sul cellulare, ho domandato se avessi chiamato, mi ha detto di no e che comunque era stato sempre fuori. Così non sapendo più come rintracciarti sono tornata a Venezia. I tuoi bagagli li ho portati al residence, poi da lì ho preso il primo volo per Roma, era l'unica possibilità, non potevi essere da nessun'altra parte. Ci eravamo dati appuntamento per riprendere il quadro, non me ne sarei mai dimenticata. Quando non so dove sei perdo un po' il mio senso d'orientamento. Quando ti trovo mi proteggo meglio.»

«Il fatto che tu esisti, da qualche parte, è il mio angolo di rifugio per la bellezza, il mio angolo di silenzio nella confusione. Ho pensato questo, sempre questo, per tutto il tempo. Ho pensato che nonostante tutto arriva un momento in cui la felicità di qualcuno è più importante della tua. Forse questo è il mezzo più sublime con cui possiamo accorgerci davvero di amare.»

«Non ti avrei mai lasciato così, Patrick. Io non so cosa tu abbia pensato di me, ma ricordati sempre una cosa. C'è qualcuno lontano anni luce anche quando è vicino e qualcuno che anche da lontano sa sempre esattamente dove siamo. Così non ti ho detto una bugia e ho mantenuto la mia promessa. Sapevo che eri qui.»

«Non fa niente, non fa niente davvero. Un incubo a occhi aperti finisce con un bel risveglio. Magari il per sempre non esiste, magari certe cose non andrebbero promesse. Allora ti dico che tu mi fai desiderare di restare con te fino alla fine. Forse non volevo finire il quadro per paura, per paura che scappassi via di nuovo. Invece l'ho finito di fretta perché in realtà oramai non ne avevo più bisogno. Avevo te in carne e ossa, avevo te da osservare, da curare, da far vivere felice. Ero intrappolato in un ideale di perfezione.»

Patrick prese le mani di Raquel e sentì di non avere altro da desiderare, e le disse: «Affidarsi è ancor più che dare fiducia, è il mettersi nelle mani di qualcuno: mani giuste, non mani a caso. Mani che pensano. Pensano a farti stare bene e non si muovono per fare male. Si accordano come uno strumento sulla tua mente e sulla tua pelle, armonizzando persino il buio e le paure. Sono perfette per le carezze su di te e su nessun altro. Loro esistono perché ti vedono esistere, si sentono più vive perché tu vivi. Una volta ti dissi: "Ciò che ci segna la vita c'insegna, è sempre un miscuglio di condanna e meraviglia. Il rischio da correre è farsi accarezzare. Perché oggi so che accade, è possibile fra tutti i tipi di condanne, scontare la meraviglia"».

Lei lo baciò, appoggiandogli la mano sulla guancia. Esistono baci pieni di passione e anche baci teneri che sommergono le labbra di grazie. Tutte le parole possibili non basterebbero per ringraziare. Per dire: "Mi sei mancato..." è necessaria l'eleganza accurata di un bacio morbido, impercettibile ma indimenticabile.

«Vorrei essere sempre la tua destinazione. Quella che raggiungerai con il piede sul cuore dell'acceleratore. Con la smania nell'anima per arrivare.»

«Sei la mia destinazione, Patrick. Vedi? Adesso sono qui.»

Lasciarono il bar e bastò loro attraversare la strada per arrivare ad aprire il portone. Si guardarono in silenzio nel viaggio in ascensore, che sembrò essere lungo quanto tutto il tempo in cui erano stati distanti, per poi ridursi a una scossa improvvisa.

27

FOTOGRAFIA DI NOI

«È così tanto tempo che non entro in casa tua...»

«È rimasto tutto com'era nello stesso modo che ricordi tu, non ho toccato niente. Solo una volta mi si è allagata casa, non c'ero, sono venuti i pompieri...»

«Avevi lasciato l'acqua aperta? Mi sembra strano, considerando la tua precisione.»

«No, si è rotto un termosifone... comunque quando sono rientrato c'erano alcune cose che galleggiavano. C'era quella fotografia che avevi scattato tu. La fotografia con il secchiello rovesciato sulla sabbia, travolto da un'onda. L'ho raccolta per appenderla a una molletta e farla asciugare. Non mi ero nemmeno accorto che mi si erano rovinati alcuni disegni e che i cavi del computer erano sommersi dall'acqua. Non so quale sia l'esatto momento in cui si percepisce davvero di voler cambiare. Puoi annegare il destino in un bicchiere e poi bere davvero la vita che vuoi, nuotare davvero nella vita che vuoi. E se non tutto andrà a posto, potrai sempre dire di aver visto il mare. Ecco, credo di aver deciso lì.»

«Era la prima cosa che ti ho dato quando ci siamo conosciuti, quella foto...»

«È lì... in quel piccolo cassetto, al centro della libreria.

Ho pensato che, qualunque cosa fosse accaduta, quella foto l'avrei lasciata sempre lì, fino alla fine.»

Raquel lo aprì. Il cassetto era completamente vuoto: c'erano solo la foto e una barchetta di carta, rossa. Incuriosita la prese, accorgendosi con stupore che internamente era scritta a penna. La scartò quasi fosse una caramella e iniziò a leggerla.

Io non lo so quante occasioni e possibilità potrà regalarci ancora il tempo, però una cosa la so e me ne accorgo ogni giorno. Esiste un posto dove tutto viene stravolto, è trasparente allo sguardo ma onnipresente dentro di noi ed è lui che ci segue, come fosse una reale presenza con due occhi in più. È un posto al di sopra di tutto quello che mi accade qui. Io l'ho raggiunto per te, al di fuori di tutte le logiche possibili, ed è lì che ti aspetto ogni giorno. Oggi non mi interessa più avere tutto perfettamente in ordine. Ci sono situazioni che vanno fuori dalle solite e consuete strade percorribili e nessuno sa cosa accada, per miracolo gli spuntano le ali e diventano una curva di cielo. Dietro ogni angolo, dentro ogni attimo, più corri fuori più ti stanno intorno, più soffi via più si accendono all'interno. Forse avevo bisogno soltanto di questo. Di trovare chi, con un sorriso, mi rubasse tutto quel che ero per darmi uno sguardo d'infinito. E io vorrei che la mia vita mi regalasse ancora questo, questa splendida e insostituibile moltiplicazione: te per futuro.

«L'equilibrio di quel secchiello è il senso, Patrick. Mi sono sempre chiesta se un giorno avresti capito. Restare in equilibrio fra onde e tormenti è la scommessa più ardua che due persone possano concedersi. Le fotografie, come i dipinti, non si possono cambiare, intrappolano i momenti per non farceli più dimenticare. Con uno scatto fulmineo sanno rendere immortale un particolare sconosciuto, unico e irripetibile. Le fotografie sono un occhio in più. Attraverso le foto io faccio ciò che voglio, guardo ciò che va al di là degli occhi e, se non mi fosse concesso di fissare le immagini così, alcune mie emozioni andrebbero perse per sempre. Le emozioni a occhio nudo non si vedono ma nelle foto invece entrano e le puoi continuare a respirare, ogni volta che vuoi, per sempre. Sai, la prima volta che mi hai baciato non potevo sapere come sarebbe andata a finire. Dopo il primo bacio cambia di colpo la confidenza fra due persone. Dal momento prima al momento dopo tutto si stravolge, niente sarà più come prima. È incredibile, no? Un solo attimo cambia il destino a tutto il futuro. Non ti è più permesso tornare al grado d'intimità precedente, né se una storia continua, né se una storia finisce. Te lo domandi però. Ti domandi: "Chissà come andrà. Ci rivedremo ancora? Ci sarà un altro appuntamento? Ci sarà ancora un domani per noi?". Ho inventato ogni volta tantissimi sotterfugi per strappare uno di questi momenti con una fotografia. Ho una raccolta intera di momenti d'amore di cui mi sono appropriata quasi illegalmente, fotografando sconosciuti. Ma al di là del mio lavoro, non ho mai avuto la pretesa di fissarti all'interno di una foto. Oggi mi sembra di aver rivissuto la nostra storia dal principio, quasi a ritroso, e la porto con me, anche se non tutto abbiamo potuto fotografare di noi.»

«Per questo esiste la memoria...»

«Ecco, sì... per questo. Hai ancora anche il gomitolo.»

«Sì, te l'ho detto, non ho toccato niente.»

«Anch'io ho ancora la fotografia con i nostri nomi sul letto, quelli che avevi disegnato con il filo rosso.»

Patrick prese per mano Raquel, salirono le scale e si ritrovarono davanti alla soffitta. Raquel girò la chiave ma prima raccolse un biglietto impolverato, incastrato sotto la porta, e si accorse di un piccolo portachiavi a forma di Spank, un cagnolino bianco e nero, protagonista di un manga giapponese che tanto le piaceva. Diceva spesso a Patrick che probabilmente è la capacità di conservare ancora vivo il nostro bimbo interiore a non spegnere fantasia e curiosità e a lasciare ancora intatta la voglia, priva di vergogna, di giocare ancora. Tutto questo nonostante la vita non ci metta poi molto a smorzare la spensieratezza iniziale.

Verrò a prenderti presto. Fatti trovare vestita fuori e nuda dentro. Non sarà una minaccia ma uno stato di grazia e di strafottente e imbarazzante felicità.

«E questo?»

«Eh, lo avevo scritto prima di partire e volevo portartelo. Che strano, lo avevo dimenticato. Avevo questo pupazzetto attaccato in auto, sullo specchietto. L'avevo comprato per te. Prima di partire per Venezia trovai il tuo biglietto attaccato al mio quadro. Mi avevi scritto: "Se anche non avrai più notizie di me, non preoccuparti". Mi sembrava la risposta più adatta, portarti il quadro ma soprattutto portarti me. Portarti me per consegnarti la mia vita.»

Patrick si ricordò delle parole d'amore lette nella cassetta delle lettere mai consegnate e disse a Raquel: «In qualche posto del mondo qualcuno conosce le parole esatte che vorresti sentirti dire, le parole che lanciate al cielo atterrano gesti. Sono queste le parole che avrei voluto dirti e scriverti, già prima di leggerle».

«Non credermi finché non mi vedi davvero arrivare. Sono queste le parole che atterrano gesti.»

«Non voglio che niente di noi finisca in una cassetta

senza essere letto. Spesso non cogliamo le sfumature delle cose, ci sfuggono, e invece se le ascoltassimo più volte, se facessimo caso all'esigenza che ha l'altro di svelarsi, forse si eviterebbero anche troppi litigi stupidi, tante incomprensioni da nulla.»

«E da quando sei diventato così saggio?» Raquel gli regalò un bacio leggero.

Patrick dinanzi a sé vide la tela, si avvicinò e quasi titubante toccò il cellophane. Poi lo strappò velocemente. Tutta la polvere intrisa di paura volò nell'aria, gli entrò nel naso e starnutì. Infine lo guardò. Nella tela Raquel c'era, eppure la ricordava diversa. Non sembrava più lei adesso. Continuava a fissare il suo viso dipinto e gli sembrava che si tendesse per uscire dalla tela. Un'impressione, certo, ma piuttosto marcata.

«C'è un'altra voce nella nostra voce. C'è quella che sanno ascoltare tutti e quella che chiede aiuto. Molti provano ad annientarla, a spegnerla, vorrebbero farci smettere di parlare, di gridare in silenzio chi siamo. Così pian piano si affievolisce, quasi rinuncia a capire che può esistere qualcosa di diverso e smette di raccontarsi. Ma la nostra voce che chiede aiuto qualcuno saprà riconoscerla. Saprà rivolgerle le giuste attenzioni, proteggerla dal freddo, difenderne la modulazione, evitare che si ammali di tristezza. Ogni volta che sono passato dentro di te ho visto la stessa donna e una donna diversa. Forse si deve passare negli stessi posti più volte per conoscerli veramente. Quando sono fuori di me tu mi passi a prendere dentro di te, ed è questo, credo, capirsi. Non voglio soltanto trascorrere la mia vita con te ma trascorrerla dentro di te. Passare nella tua vita come fosse un posto da visitare e guardarlo sempre meglio, fissarmelo dentro in mezzo agli eventi e percepire, in una moltitudine di cambiamenti, che tu cambi direzione ma resti, e che io avrò sguardi diversi ma puntati come un faro sempre nei tuoi occhi.»

«La nostra mente è divisa a spicchi, ogni giorno è uno spicchio sempre diverso.»

«Ma vi è un gioco delle superfici, esterno/interno. Senza interno non esisterebbe esterno e viceversa. Non è sempre detto che esterno e interno coincidano, però di sicuro lo specchio ci restituisce la reale percezione del momento. Un tempo questo lo chiamavo "perfezione". Oggi so che perfetto è solo il momento in cui voglio vivere.»

«Ma la bellezza esteriore e quella interiore non sempre coincidono.»

«No, non sempre. Ce ne sono di donne bellissime, credo ne sia pieno il mondo, ma la vera bellezza è lo specchio dell'attenzione che sa suscitare in noi ed è questo a rendere una persona unica ai nostri occhi. Se c'è una cosa che adoro in una donna è quel miscuglio di dolcezza, sicurezza e timidezza che lascia senza fiato. Esiste una bellezza umilmente superba che spicca in un istante, in mezzo a tanta gente. Per avere attenzioni non basta attirare l'attenzione. L'attenzione è per chi sdraia la nostra curiosità e la nostra immaginazione. Così dire: "Sei bellissima" assume tutto un altro significato. Ci sono complimenti fatti per ottenere e complimenti sinceri che non riesci a trattenere. Sì, perché molte donne sono bellissime ma muovono sguardi tutti uguali lasciando ferma l'anima. L'anima te la prende solo chi è davvero in grado di vederla.»

«In spagnolo *eres preciosa* significa "sei bellissima".»

«Ecco, la vera bellezza è preziosa e va difesa. Questa bellezza è l'arma più potente in assoluto, la più potente che esista, nessuno può distruggerla. Questa bellezza spaventa chi ha timore di specchiarsi e non vederne riflessa alcuna davanti a sé. Allora la nega e la disprezza. Ma questa bellezza esiste e nessuno ce la porterà via. Adesso lo so. Tu sei così complicata e mi permetti di capire come a volte tutto sia semplice. Forse oggi riesco finalmente a intravedere la tua anima, preziosa e libera. Ricordi cosa ti dissi tempo fa? "La vera bellezza è sempre tale perché non sa di esserlo."»

«Come ci riesci?»

«A fare cosa?»

«A guardarmi come mi stai guardando adesso. Come se fosse la prima volta...»

«Forse perché nei tuoi occhi riesco a vedere il mio futuro. Mi viene voglia di regalarti tutto ciò che non ho ancora sognato. Questo è il mio desiderio primario, illuminarmi di te. Tutto il resto è fatto di stelle guaste. Tu sei preziosa, e per me questo significa molto di più che dirti sei bellissima. Significa: sei la più bella cosa che mi sia capitata.»

28

DUE

Patrick afferrò con decisione il quadro, richiuse a chiave la porta della soffitta, prese per mano Raquel, scesero le scale e rientrarono in casa.

D'improvviso gli squillò il telefono, rispose ma la linea era disturbata e riuscì a sentire solo uno strano rumore di sottofondo simile all'acqua, allora chiuse la conversazione e cercò il numero nell'elenco chiamate.

«Sebastian?» esclamò a voce alta.

«Chi era?» domandò Raquel.

«Sebastian, l'amico di tuo padre.»

«Richiamalo pure, nel frattempo scendo un attimo al bar a prendermi un succo di frutta! Tu vuoi qualcosa?»

«Sì, grazie, un caffè.»

«Ok, a fra poco, amore.»

Raquel uscì e Patrick si avvicinò velocemente alla finestra, per cercare di seguirla con gli occhi fino a che non fosse entrata nel bar. Non riusciva a liberarsi dell'ansia di perderla.

Nel frattempo Sebastian lo richiamò.

«Patrick, non mi sentivi, sono Seba!»

«Ciao, che piacere. No, non sentivo niente. Dimmi tutto.»

«Volevo chiederti un parere a proposito di un quadro,

un quadro di Frida Kahlo. So che sei un appassionato di Frida...»

«Ti aiuterò volentieri, se posso. Che quadro è?»

«Si chiama *Le due Frida*.»

«Uno dei miei preferiti in assoluto.»

«Ecco, spiegami perché...»

«Perché cosa?»

«Perché è uno dei tuoi preferiti. Sapere questo mi aiuterà.»

«Difficile sintetizzarlo in poche parole, dovrei mostrartelo, dovremmo osservarlo insieme, ma ci provo. Risale al periodo dell'allontanamento da Diego Rivera, quando divorziarono. Mette in contrapposizione due Frida. Una vestita con i tipici abiti messicani che tanto amava indossare, felice, amata da Diego, e infatti tiene in mano un piccolo medaglione che lo raffigura bambino, l'altra malata, sofferente, che perde sangue e cerca di arrestare la perdita con una pinza medica. Una amata e l'altra no, oserei dire. Le due Frida non si guardano fra loro ma si tengono per mano, quasi come fossero una donna allo specchio che riflette due immagini diverse. Sono unite da un filo che collega i rispettivi cuori: un'arteria. È un quadro di un'intensità sconvolgente. Sembra quasi voler spezzare un dolore senza fine, un dolore che però ormai c'è, ed è irrevocabile.»

«E a chi è rivolto lo sguardo?»

«A noi, agli spettatori. A chi guarda l'opera.»

«Dunque lo sguardo è identico in entrambe le Frida?»

«Esattamente. "Bisogna che il quadro vi guardi quando voi lo guardate" disse Frida.»

«È il dolore ancestrale che tutti ci portiamo dentro dalla nascita, Patrick. La vita getta le basi per la nostra salvezza o la nostra condanna. Il modo di affrontarla via via ne muta le condizioni.»

«Mi sento molto vicino a questo quadro. Ho lottato per molto tempo con i miei due sé, quasi come se fossero distinti, uno istintivo, l'altro razionale, due tigri nell'anima, l'una voleva sbranare l'altra.»

«Due sé, due tigri, due quadri... Patrick, grazie per la tua spiegazione. Prima di chiudere questa conversazione voglio dirti qualcosa io. L'arte deve mettere in luce il suo mistero e per questo non può restare ferma, deve muoversi, deve agire. Tu lascia sempre che agisca, mai che ti rinchiuda. Lascia uscire il tuo mistero. Quando regali questo mistero al mondo sei davvero completo.»

«Quando per te un uomo può dirsi completo?»

«Quando ama, quando è se stesso e si restituisce alle origini. Quando accetta le sue contraddizioni e sa conviverci traendone forza, lasciando alla creatività tutta la sua bruciante capacità di allentare le tensioni. Quando sa riprendersi la felicità anche le volte che gli sfugge dalle mani. Quando impara a dare al mondo un contributo di sé esclusivamente a fin di bene, senza aspettarsi niente. Allora vince anche la paura di perdere.»

Patrick, con il telefono appoggiato ancora all'orecchio, vide Raquel uscire dal bar con il bicchierino di caffè in mano. Gli scivolò un sorriso che raggiunse Sebastian al di là della rete.

«Sai, Patrick, noi non possiamo immaginare l'immenso ma possiamo viverlo. Possiamo dargli le sembianze delle cose che amiamo.»

«Sembra che tu possa guardarmi adesso...»

«Chi lo sa. Gli occhi stessi sono un mistero ma, le volte che si rivelano, impariamo qualcosa. Ci vediamo presto, e grazie per la spiegazione sul quadro.»

«Figurati, Sebastian, è stato un piacere. A presto.»

Raquel rientrò in casa con il caffè.

Guardò Patrick e disse con naturalezza: «Ti metto lo zucchero? Non hai mai provato a berlo amaro. Dovresti, sai?».

«Dài proviamo, niente zucchero! Per una volta almeno lo bevo così.»

Appoggiando il bicchierino vuoto sul tavolo, urtò la chiave della soffitta che cadde in terra. Raquel la raccolse e Patrick le strinse la mano calda, che andò a contrapporsi al freddo del ferro: un po' come il quadro di Frida che aveva descritto a Sebastian. Poi prese la chiave e la buttò nel cestino insieme al bicchiere.

«Voglio tenere con me solo la visione di noi, di noi adesso. Credo che il dono più grande che possiamo fare a qualcuno sia la reale visione di quello che siamo, quella autentica e imperfetta.»

Ma, poco prima della partenza, Patrick capì che non sarebbe riuscito a separarsi dal suo dipinto e scelse di portarlo con sé per confrontarlo con l'altro, lasciato a Venezia.

29
SENZA TRAPPOLE

Patrick e Raquel fecero ritorno in laguna.

Patrick portò il quadro nel suo studio e lo appoggiò sulla piccola sedia di legno gialla dove si era seduta Raquel ogni volta che l'aveva dipinta. Avvicinò alla sedia il cavalletto con l'altro quadro. Inizialmente gli parve di vedere due quadri con due diverse espressioni. Gli sembrò risaltasse una sorta d'infelicità nel primo e una sensazione felice nel secondo. Poi cominciò a guardarli più a fondo, con occhi diversi. Si accorse che la differenza non era nei quadri di per sé, ma nel fatto che lui stesso li aveva dipinti in momenti diversi. Era lui a essere cambiato e ad aver dato un diverso volto a Raquel. In ogni caso il risultato era comunque fallimentare, perché non poteva fermare la sua gioia sulla tela, nemmeno ritraendola nell'istante preciso in cui si manifestava. La scena successiva di un quadro esisterà sempre, potrà sempre essere vissuta e dipinta nuovamente ma non intrappolata. Sarebbe rimasta sempre e comunque una rappresentazione del reale ma mai la realtà stessa. Capì allora che Raquel era scappata da lui, non dal quadro, e il non averla più vista non era altro che una sua proiezione, il riflesso di ciò che aveva dentro, del suo senso d'inadeguatezza, delle sue inquietudini e fissazioni. Proiettiamo sugli altri quello che abbiamo dentro. Ciò che percepiamo da fuori non è altro che il grido taciuto di ciò che vive in noi. Rifiutiamo le evoluzioni per il timore di rinunciare a un piccolo mondo ovattato, fermo ma sicuro. Nulla di ciò che è statico può renderci felici, perciò avremo bisogno di imparare a convivere costantemente con la naturale ambivalenza del nostro vivere, con le originarie incertezze della nostra essenza. Ripensò alle parole di Sebastian e comprese che non lo aveva chiamato affatto per avere notizie del quadro di Frida, ma per illuminarlo attraverso il quadro stesso. "Due sé, due tigri, due quadri" gli aveva detto. Gli venne in mente anche una frase della pittrice:

"Ero solita pensare di essere la persona più strana del mondo, ma poi ho pensato: ci sono così tante persone nel mondo, ci dev'essere qualcuna proprio come me, che si sente bizzarra e difettosa nello stesso modo in cui mi sento io."

Questo significa accettare la propria ombra. Questo significa smettere di gettarla su qualcuno fingendo che non sia nostra. Delinearla, conoscerla, accarezzarla e portarla alla luce. Poi finalmente regalarsi a qualcuno così, completo, come gli aveva detto Sebastian. Pensò fra sé:

Tu puoi anche non aspettarti più niente da nessuno, ma il tuo cuore si aspetta sempre qualcosa da te. È questo che comunque ti frega. Ma è ogni volta che il cuore ci frega che siamo salvi, comunque vada.

Patrick ebbe un'intuizione quasi magica: la sua strana mania di conservare tutto lo aveva sempre illuso di preservare intatta una sicurezza apparente.

Raquel entrò nello studio e si soffermò a guardare i due dipinti. Guardò un attimo verso le vetrate e poi disse: «Le giornate si stanno accorciando... ogni volta che me ne accorgo un po' mi dispiace».

«Ma le belle stagioni sanno sempre ritornare, no?» Patrick la fissò negli occhi intensamente e sorrise.

«Cosa siamo noi?» domandò lei ricambiando lo sguardo.

«Sempre tutto o più nulla. Ho visto scivolare via cose che credevo indimenticabili. Ho visto pian piano affievolirsi il ricordo di sguardi e momenti. Ho visto spegnersi anche cose mai successe in cui ho sperato tanto. La mente è una grande macchina da guerra, costruisce congegni diabolici per salvarsi.»

«Tu ne sai qualcosa...»

«Sì, ma c'è un disegno che non può raggiungere. Vi è inciso quel che resta. Allora chiedimi non cosa siamo ma se saremo... Se saremo dentro o fuori quel disegno, se ci saremo dentro entrambi, ancora insieme, e se ci legherà qualcosa che non saprà cancellarsi, qualcosa di davvero indelebile. Soprattutto auguriamoci di scoprirlo in tempo questo tempo prezioso. Perché, sai, tutto cambia prima o poi e ognuno di noi ha il suo libro di storia con le parti evidenziate per amore. Ci riconosceremo se avremo un pennarello del nostro colore, l'unico in grado di colorare i nostri spazi dentro. Senza uscire dai bordi, senza avere fretta e senza che sia tardi. Io posso dirti solo: "Lo spero."»

Raquel si avvicinò e gli fece una carezza sul viso.

«Sai, in Galizia c'è un graffito su un muro che non ho fatto in tempo a mostrarti, ma quando ti ho perso, prima di partire, l'ho fotografato. La frase è bellissima, non so in origine da cosa sia tratta. Ti faccio vedere.»

«Cosa c'è scritto?»

«"*¿Cuánto tiempo te quedarás conmigo? ¿Preparo café o preparo mi vida?*" Significa: "Quanto tempo vuoi fermarti con me? Preparo un caffè o preparo la mia vita?".»

«Scegliere di dedicarsi ogni giorno un caffè è un bel modo di prepararsi la vita! Oggi è in ventiquattro ore già domani e per far sì che le cose resistano al tempo bisogna mettere insieme tanti piccoli oggi. Alla fine l'infinito che cos'è, se non l'insieme di tanti piccoli oggi che non si sono mai arresi a morire domani?»

Patrick tirò fuori dal portafogli un biglietto.

«Ce l'ho da tempo. Avrei voluto dartelo proprio a Santiago, l'ho scritto molto tempo fa.»

Raquel lo prese fra le mani e lesse ad alta voce: «"Se il lieto fine non c'è quasi mai ti regalerò sempre nuovi inizi...". È un augurio per tanti domani».

«Ho voglia di trovare tempo per te, per dirti: "A domani". Dire: "A domani" è già un sentimento. Perché se oggi ti parlo di domani vuol dire che domani ci sarò. "A domani" è promessa; domani è esserci; domani è presenza. Domani è quella tregua di serenità fra il già passato e quello che verrà. Perché domani io e te saremo ancora noi.»

Raquel ripeté le parole di Patrick nella sua lingua materna: «*Decir: "Hasta mañana" es ya un sentimiento. Porqué si hoy te hablo de mañana quiere decir que mañana estaré. "Hasta mañana" es promesa: mañana es allí estaremos, mañana es presencia. Mañana es esa tregua de serenidad entre lo ya pasado y aquello que vendrá. Porqué mañana tu y yo seremos todavía nosostros.*

Molto tempo fa anche io ti ho scritto una lettera scegliendo di non mandarla mai più.»

«Lo so... l'ho trovata nella cassetta delle lettere mai spedite e l'ho rubata. Pensa che ne ho trovata dentro persino una mia.»

«E dov'è?»

«È rimasta lì.»

«Cosa diceva?»

«Diceva che tu avresti avuto sempre e in ogni caso una strada privata a condurti dentro me, sempre, davvero per sempre, a prescindere da tutto. Diceva che ti avrei preparato un cammino di dolcezza silenziosa e che un giorno lo avresti capito.»

«La mia l'hai letta?»

«Sì. Mi ha dato forza, mi ha dato la forza di insistere, perché ho sempre creduto alle lettere che non perdono mai il loro significato originale nel tempo. Se potessi riassumere in una frase tutta la nostra storia ti direi solamente: "Non mi sono mai arreso a perderti".»

«Il granito a Santiago l'ho fatto io insieme a Vivien un po' di tempo fa... la ricordo a memoria la lettera.»

«Allora ti metto alla prova, ce l'ho con me.»

Patrick aprì nuovamente il portafogli e, cercando fra le carte, tirò fuori quel foglio rosa con i buchi ormai rotti di un quaderno ad anelli.

Raquel raccolse la sfida.

«Non so se poi sia un dramma o una fortuna accorgersi che ci basta solo un attimo a intuire le sorti di un rapporto, a vedere con chiarezza quante porte ci sono da aprire, quante da chiudere, quanta strada da fare...»

«"*E anche quanta sarà la strada da fare che non basterà...*"» esclamò Patrick. «L'ho riletta così tante volte... ma so che forse, anche quando la vita mi sbatterà in faccia l'ultima porta, penserò che dietro possa essercene un'altra, piccolissima, impercettibile...»

«Già!» disse Raquel sorridendo piacevolmente sorpresa. «Riuscirò ancora a sentire l'odore del caffè, dietro la porta di una casa con te.»

«E la cosa più bella è proprio che la vita a volte sconvolge le previsioni del tempo, ci insegna che è meglio non guardarle, è meglio partire lo stesso.»

Quando l'ultimo pensiero della notte coincide con il primo del mattino e nel bel mezzo del pomeriggio si prendono un caffè, ti accorgi che qualcuno sveglia i tuoi sogni prima di te e gioca con loro praticamente per tutto il giorno. Sei alle prese con un bellissimo problema, una preoccupazione buona: un sentimento. Raquel era sempre stata questo, la sua preoccupazione buona. Lui non credeva nei miracoli ma l'aveva sempre tenuta dentro in un modo unico e non replicabile, come le pochissime cose davvero preziose e purissime che ci toccano nell'intera nostra esistenza. Un passaggio che resta infinito nella fine di ogni cosa, un modo che resta eterno nella nostra breve vita. La vita è imprevedibile. Un gesto, un passo fuori posto e tutto si sposta, si stravolge, si rimette in discussione. Poi qualcosa sul viso, uno squarcio di cielo spalanca di nuovo l'armonia nella sua pienezza assoluta e ci lascia ritrovare risposte al senso profondo della nostra presenza su questo pianeta.

30
NUOVI SPAZI

Entrò rapidamente negli occhi di lei, accomodandosi a dipingerla dentro come quando da bambino saliva lentamente gli scalini dello scivolo per poi lanciarsi nel vuoto e pensò:

Non voglio più chiedermi niente stavolta. Non voglio chiedermi se il nostro sentimento sia una semplice casualità, se abbia una ragione assoluta o sia un regalo del destino. Forse ci si incontra per caso o per il gioco del destino e poi si resta né per caso né per gioco, ma per la scelta di due destini.

Poi le disse: «La mia anima si è spostata senza che tu la toccassi, senza che io lo volessi e prima che lo sapessi. È venuta nella tua, ha spaccato tutti i contro lasciando solo i pro e questo non vuol dire che i contro non ci saranno, abbiamo soldatini buoni e cattivi a combattere qua dentro. So solo che mi sento invincibile e che non vorrei trovarmi arruolato in nessun'altra battaglia né nascondermi in nessun altro posto lontano da qui».

«Mi piacerebbe cercare una casa con te, Patrick. Una casa completamente nuova da arredare insieme, senza alcuna influenza di ciò che è stato. Anche i nostri oggetti del passato, lasciamoli dove sono. I regali che io ti ho fatto sono a Roma, quelli che tu hai fatto a me in casa mia. Se impari a non tradire le tue emozioni, non tradirai nemmeno le persone. L'ho imparato molto tempo fa, e le emozioni, Patrick, non sono mai negli oggetti ma nel ricordo di ciò che rappresentano per noi.»

«Una tabula rasa...»

«Ecco, sì. Sto cercando di farti capire che non li vorrei questi due quadri in casa nostra...»

Patrick fissò Raquel e rimase in silenzio.

«In tutto questo tempo ho capito qualcosa che forse conosciamo ancor prima di rendercene conto. Io i miei altrove li ho sempre contati sulle dita. Chiamo "altrove" i momenti in cui non avrei voluto essere in nessun altro posto. Oggi so che i miei altrove li ho vissuti quasi sempre con te e quasi mai con il resto. È che le cose più belle ce le andiamo sempre a prendere in fondo alla vita, e non importa quanto sia pericoloso. Io so che se vai giù, anche io volo giù con te. Quindi smettila di ferirti, non vedrai più lame all'arrivo, ci saranno solo i miei occhi morbidi ad aspettarti già da un po'. Fattene una ragione, non me ne vado altrove. Sei tu il mio altrove.

Tu sei qualcosa di diverso dal resto. Dentro di me nessuno può sconfiggerti...»

«Mi piace molto questo. Avere un posto nella vita di qualcuno dove sei imbattibile» rispose Raquel sorridendo.

Patrick ebbe un brivido improvviso nel sentire le parole che la legavano a lui.

«Anche tu sei imbattibile per me e desidero ogni meraviglioso altrove con te, ma certe cose preferirei non dirle più, preferirei tu le capissi da te perché se le capisci da te vuol dire che finalmente mi conosci.»

Patrick per la prima volta applicò questa sua ambivalenza interiore nel senso più positivo del termine. Disegnò un grande cerchio in giardino, in uno spiazzo di terra, privo di fiori. Lo delimitò poi con dei grandi sassi.

Si girò e vide Raquel visibilmente incuriosita.

«È impossibile dipingere la nostra vita in un quadro. Resta sempre un paesaggio interiore mai dipinto. Ecco perché non sono mai riuscito a sciogliere quel nodo. Ma sai che c'è? La dipingo con te ogni giorno ed è tutto così lucente che per una volta la pratica è più bella della teoria, è così piena, così intensa che più che dipingerla la vita ho voglia di viverla con te.»

Trascinò le due tele all'interno del cerchio e diede loro fuoco.

Il significato più puro dei nostri gesti è quando sono applicati al nostro benessere e al benessere di chi amiamo. Patrick riuscì a scorgere in maniera evoluta, quasi come fosse un'ascesa, che può esistere una distruzione che va nella direzione della vita. Comprese che paradossalmente a volte è necessario distruggere per costruire e rinascere.

Raquel scoppiò in un pianto liberatorio, gli corse incontro, lo abbracciò così forte da non farlo più sentire un corpo distinto da lei.

Trattenne un attimo il fiato, quasi per non sciupare il momento, poi si abbandonò e pianse serenamente, sentendo forte dentro di sé la gioia, il brivido, la soluzione ai suoi tormenti e per una volta, finalmente, la certezza di aver fatto davvero la cosa giusta. Le tele rimasero cenere: cenere di cambiamento, cenere che smette di inquinare il futuro, cenere di rinascita, cenere che se ne va via dall'anima.

«Ho difeso questo voler essere sempre e soltanto un po' mio per tutto il tempo della mia vita. Sono stato forse troppo geloso di me, poi mi sono arreso all'evidenza delle cose. Ci sono muri interiori altissimi che si sgretolano di fronte a un gesto di pura tenerezza. E oggi continuo a voler essere mio, ma mi sento più mio quando sono con te.»

Punto Feliz era l'arrivo da cui ripartire, il biglietto per la felicità. Tutto era partito in fondo da quel biglietto che si era ritrovato in tasca in aeroporto a Venezia, vinto dall'incapacità di controllare la situazione, faccia a faccia con la rimozione del suo dolore, preda delle sue amnesie, ma con la consapevolezza mai smarrita davvero di ciò che aveva estrema necessità di ritrovare, la sua unica splendida umile pretesa: Raquel.

E dopo tutto questo correre, dopo tutto questo cercare e cercarsi, aveva forse fatto la sua conquista più importante. Puoi andare dappertutto ma non ti allontani da quel che hai dentro. Se una persona diventa il tuo luogo dove pensi di andartene?

Lei venne da te piena di tracce di passato, schiva, disillusa ma con quel sorriso ancora acceso di chi non si è arreso. Tu avevi solchi sulle mani, e hai scavato ancora per farne strade di fiducia dove farla camminare. E senza tutta quell'assurda gelosia di quel che è stato, con un abbraccio l'hai spogliata degli amori di ieri e lasciandola vestita della tua vita hai detto: "Quel che hai avuto prima di me lo dimenticherai. Quel che verrà dopo di me non lo vorrai più conoscere".

Ringraziamenti

Sono un uomo di parole ma anche di parola, e se esiste una parola di cui non è mai male abbondare, che è come un comandamento per me, è proprio grazie. Partiamo allora dal principio. Ho sempre avuto la voglia di rendere la mia vita il più vicino possibile a quella che avevo sempre sognato per me. Ho iniziato a condividere alcuni miei scritti sui social network e vi siete incuriositi e avvicinati al mio mondo. Il vostro passaparola ha diffuso le mie pubblicazioni. Ringrazio tutti voi che avete in mano questo libro e avete corso con me dall'inizio, perché se è vero che l'impegno, l'umiltà, la dedizione e la forza sono essenziali, è altrettanto essenziale l'amore degli altri. Io ci ho messo il cuore e voi il motore. Mi avete sostenuto da sempre e abbiamo sfidato regole e logiche, spezzato muri e aperto chiusure. Siete venuti a trovarmi portandomi in dono tanto entusiasmo durante i miei spostamenti, mi avete scritto parole di gioia, d'incoraggiamento. Ci siete stati sempre. Non me ne dimenticherò mai. Ringrazio anche tutti i nuovi lettori che mi hanno scoperto successivamente con altrettanta gioia.

Grazie a Luigi Di Giuseppe, che è stato il primo a credere in me, scegliendo di pubblicarmi la prima volta. Grazie a Mondadori per avermi cercato d'improvviso, come tutte le sorprese più belle, quelle che non ti aspetti, e per avermi proposto quest'avventura, e a Maria Francesca Gagliardi. Grazie a mia

221

madre, perché le voglio bene, semplicemente. Grazie a mio padre che, anche se non potrà leggermi, mi ha insegnato cosa sia la generosità. Grazie ai miei veri amici, che sono sempre gli stessi e che resteranno per sempre una parte di me. Grazie a Luca Maria Brogli, con cui ho condiviso le mie presentazioni in giro per l'Italia. Ci siamo divertiti, emozionati e commossi per l'accoglienza sempre stupenda in ogni città, e ogni volta siamo ritornati a casa distrutti ma felici. Grazie a Didi Leoni che, oltre a essere una grande giornalista, è un'amica preziosa che ha condiviso con me gioie e momenti difficili. Grazie ad Anna Cogo per avermi portato in giro per Venezia. Se sono riuscito a guardarla con gli occhi giusti, cogliendo le piccole sfumature che sono nel libro, lo devo anche e soprattutto ai suoi occhi. Grazie a Silvia Maglione per le fotografie, per il tempo che mi ha dedicato, per la complicità che si è creata durante le giornate in cui me le ha scattate e per il primo bicchiere di vino che ho bevuto nuovamente con lei dopo mesi. Grazie a Luciano Ligabue perché le sue canzoni, oltre ad accompagnare da anni la mia vita, sono entrate nelle pagine dei miei libri come colonna sonora alle emozioni. Grazie alle persone entrate nella mia penna, perché nel bene e nel male, a prescindere da come si siano evoluti i rapporti nel tempo, mi hanno ispirato e sono diventate una radice della mia anima. Chi mette radici nella mia anima non se ne va più via, nonostante le vite a volte prendano direzioni differenti. Grazie a chi si rivede nelle mie pagine. A chi ha capito che c'è sempre una ragione in più per ricominciare che per arrendersi. Grazie a chi crede nelle sorprese e per questo sa ancora farne e riceverne. Grazie all'amore che è stato e all'amore che verrà. L'amore è tutto e dappertutto, basta volerlo riconoscere ancora. L'amore resta sempre, dopo qualsiasi fine, resta l'unico vero motivo della nostra presenza su questo pianeta. Innamorarsi è ancora il miglior modo di ubriacarsi che conosco.

INDICE

9 1 Eredità

14 2 Il quadro mai dipinto

20 3 Traiettorie

25 4 Punto Feliz

33 5 La Grotta di Dale

42 6 Sinergie

51 7 Sesto senso

59 8 Fragranza condivisa

69 9 Dentro le immagini

82 10 Sorprese di memoria

86 11 Rinascita

95 12 Rivelazioni

105 13 Radici

113 14 Consapevolezza

125 15 Saudade

131 16 Leggende veneziane

141 17 Appuntamento con il futuro

145 18 Legami di sangue

149 19 Condividere i sogni

154　20 Notte di pace immensa

158　21 Una bollicina d'acqua

163　22 La cassetta delle lettere

175　23 Partenze

182　24 Incontri e distanze

189　25 I luoghi dei ricordi

194　26 Scontare la meraviglia

199　27 Fotografia di noi

206　28 Due

210　29 Senza trappole

216　30 Nuovi spazi

221　　*Ringraziamenti*

«Il quadro mai dipinto»
di Massimo Bisotti
Oscar
Mondadori Libri

Questo volume è stato stampato
presso ELCOGRAF S.p.A.
Stabilimento - Cles (TN)
Stampato in Italia. Printed in Italy